U0013473

百界歌

下

九鷺非香

百界歌 下

目錄

第25篇

鬼貓（上）

第一章

陸昭柴今天感冒了，頭暈眼花腰腹無力手腳顫抖，給主菜裝盤的時候，一個噴嚏打出，手一抖，煎好的銀鱈魚便落在了地上，他下意識地探手下去撿，忽然食指傳來一陣尖銳的疼痛。

他眨了眨眼有些愣神地望著自己冒出血珠的手指，上面兩個深深的牙印有些駭人，轉眼一瞅，灶臺之下一隻黃色的花貓立在那裡，高高聳著背，炸了毛，用金色的眼瞳惡狠狠地瞪著他。而牠的腳邊正是他剛才掉下去的銀鱈魚。

一人一貓對峙了一會兒，陸昭柴淡定道：「好吧，這鱈魚我不要了，不過你不可以在這裡吃。」

他話音未落，一個打雜的助手突然大叫起來，「天哪！這裡怎麼會有野貓！看我不把你打出去。」說著，提了掃帚便往這邊走過來，黃色花貓咧著嘴發出威脅的低吼聲。

陸昭柴咳嗽了兩聲，攔住了助手，「我把牠扔出去就好。」他將貓脖子一提，黃色花貓立即發了狂，四隻爪子不停地亂舞，將陸昭柴的手抓出了不少傷口。

陸昭柴也不生氣，提了牠扔在廚房後門外便關了門。

適時正值冬夜，天際雪花漫漫遙遙地飄啊飄，寒涼的空氣凍得花貓一陣抖，牠不死心地用爪子刨著大門，好似這樣就能把門給刨出個洞來一樣。

「喵！喵……」

貓的叫聲從極度的憤怒到悲傷的呻吟，大鐵門就像一個冷面門神，把牠和食物冰冷地隔開，寒冷飢餓或許在今晚就能要了牠的命。

牠耷拉著腦袋，蜷著身子，倚著牆壁，保留自己最後的體力。

忽然，一道微光在牠身邊亮起。是廚房的後門打開了一條縫，鱈魚被裝在盆子裡推了出來。花貓餓得有些迷糊了，只看見一個男人的剪影在微光中晃來晃去。

「慢慢吃。」他說著揉了揉貓腦袋，手上被貓抓出的痕跡有的還沒止住血。

花貓定定地望了他一會兒，而後在他手心用盡全力一蹭，「喵」的這聲叫幾乎都在顫抖了。牠埋下頭，狠狠啃起鱈魚來。

陸昭柴看了牠一會兒，站起身來，大腦有瞬間的缺氧，他眼前黑了黑，扶著頭去洗了手，又接著做起菜來。

下班已是晚上十一點，陸昭柴坐在駕駛座上一身的疲憊，車開得暈暈乎乎，前方路口左轉，忽然大腦像是失去了平衡一般，他猛地將方向盤打向右邊。

「咚！」路邊的行道樹幾乎被攔腰撞斷，安全氣囊彈出。陸昭柴的世界瞬間變得混亂非常，嘈雜的聲音，晃眼的路燈，汽油的味道，腿骨撕裂般的疼痛，可是漸漸的，所有的感官都離他越來越遠，只有一聲弱弱的貓叫，彷似在耳邊一般，一直不停迴響。

他感覺有東西拉著他的衣襟將他往破碎的窗戶外拖拽，轉眼一看，是那隻金眼的花貓。

見他看向自己，花貓叫道：「你挺住啊，我還沒報恩，你不能死啊！」

貓……說話了？

陸昭柴覺得他不是被撞傻了就是病瘋了，他兩眼一閉，徹底暈了過去。

第二章

再醒來的時候，是在充斥著消毒水味道的醫院。床頭有護士正在給他換點滴，見他睜眼，護士道：「您可算醒了。」

「我……」他的聲音十分沙啞，「怎麼了？」

「車禍，這都住院兩天了，您都不記得了麼？救護車到的時候說您躺在車子外面，車已經燒起來了，您的腿都粉碎性骨折了，當時還那麼堅強地從車裡爬了出來。真是不容易。」

是嗎……原來，他那麼地堅強。

可為什麼只要他一回憶當時車禍的場景卻是滿腦子的貓叫呢？

護士離開之後，陸昭柴靜靜地閉目養神，他想，他這個老闆兼主廚兩天不見了蹤影，餐廳肯定是一團慌亂，現在必須盡快和經理主管們取得聯繫才行，可是他背不住他們的號碼，手機又不在……

「你醒了嗎？」突然一個稍顯稚氣的聲音在他耳邊響起，他睜開眼，看見一個護士打扮的女生站在他病床邊，目測年齡不超過十六歲，頭上的護士帽戴歪歪地掛著，一雙金色的眼直勾勾的盯著他，「身體好了嗎？還有沒有哪裡不舒服，我是來服侍你的。你想要什麼樣的服務，我都可以給你提供哦！」

陸昭柴默了許久，淡淡打發道：「精神科出門右轉。」

女孩定定地望了他一會兒，拍手道：「啊！你這句話是在嫌棄我！」

於是，陸昭柴的表情果真變得嫌棄了，「病房不能隨便亂闖，小孩子就該乖乖待在自己應該待的地方。」

「可是。」女孩委屈地噘著嘴，「我真的是來服侍你的啊！我什麼都還沒做，你怎麼就嫌棄我了……」

做了……還了得？陸昭柴不再理她，閉上眼靜靜養神。沒一會兒便感覺一陣涼涼的風吹在他扎了針的手背上，他眼也沒睜的問：「妳幹麼？」

「幫你吹吹，這樣就不痛了。」

「不用。妳安靜一會兒我更舒服一點。」

女孩老實安靜下來，隔了一會兒她又開始往他被子裡塞東西，陸昭柴眉頭越皺越緊，在感到床鋪一陣溼潤之後，他終於不耐煩地睜開了眼，「妳又幹什麼！」看著女孩一臉的無辜和委屈陸昭柴一聲嘆息，覺得自己有些過於凶惡了，畢竟對方只是個生病了的小姑娘。

但當他掀開被子，看見自己被窩裡血淋淋的豬內臟時，他瞬間凌亂了，再望向小護士，只見她手中一個藍色的塑膠袋裡還裝著幾塊帶皮的生豬肉。

「妳……」任何言語已經無法表達他的心情了。

女孩著急地解釋，「大冬天，窩裡沒有食物，你會餓死的，我給你尋了食物……」

在窩裡存食物過冬……所以妳現在扮演的是野生動物麼？陸昭柴嘴角跳了跳，不知自己該作怎樣的反應。

「我好不容易尋到的，你……你不喜歡麼？」女孩撇了撇嘴，臉上是慢慢的失望，她垂下腦袋，眨掉眼睛裡的溼意，弱弱地呢喃道：「你不喜歡，我就再去給你尋別的。」

陸昭柴的神經一跳，忙道：「不！別找別的了，我很喜歡。」這句脫口而出的敷衍的話卻讓女孩的眼從失望的灰敗慢慢亮了起來，她呆呆的模樣讓陸昭柴心底一軟。算了，左右不過是個生病的小姑娘，他順著她一點，也沒什麼大不了，陸昭柴這樣想著，臉上的神色緩了下來，他認真重複道：「嗯，我很喜歡。」

女孩的唇角慢慢拉出了一個明媚的笑，整個人像雨後的陽光一樣燦爛明媚，「招財大人！你真是溫柔的好人！」

招財大人……陸昭柴還沒來得及對這個稱謂做出表示，女孩又從生豬肉裡掏出了一個手機，上面染滿了血絲，女孩道：「這是你的手機，物歸原主。」

陸昭柴看著自己血淋淋的手機默然無語。女孩高興地衝他揮了揮血紅的手道：「我明天還會來照顧你哦，今天時間到了，我先走了！」

說完，她一陣風似地跑出了門，門大力地關上，立馬又被推開，女孩探進腦袋來大聲道：「差點忘了，我叫阿喵！」房門再次被關上。這下是真的徹底安靜下來了。

陸昭柴看著自己一床的生鮮食材，四溢的鮮血，還有那被血泡壞了的手機，只有仰天長嘆。

「其實……是誰買凶來玩我呢吧。」

第26篇

鬼貓（中）

第三章

第二天一大早，陸昭柴不顧醫生護士的勸阻強行要求出院，他身上都是些輕微的傷，只是折了腿，行動不大方便。

他沒注意到的是，一隻小花貓尾隨著他的腳步一直偷偷跟著他出了醫院大門，直到他叫車離開。花貓對著漸行漸遠的計程車，可憐巴巴地叫了兩聲，像是在說：「招財大人，帶上我啊……」

陸昭柴去了餐廳，本想坐守陣地，但是餐廳眾人一見他瘸著個腿，問了前天發生的事，連罵帶嫌棄地把他往家趕，陸昭柴無奈，這才獨自回了家。

可是他萬萬沒想到，卻在自家大門口守著一個少女，戴著歪歪的護士帽，一雙金燦燦的眼明媚地將他望著，「招財大人，我跟來服侍你了。」

陸昭柴有瞬間的脫力感，他揉了揉太陽穴，呢喃道：「到底是怎麼找來的……醫院都不把病人看好麼？」

阿喵耳尖，聽了這話立馬氣嘟嘟地說：「對啊，都不把病人看好，招財大人都殘了，怎麼能讓你到處亂跑，要不是我偷了醫院的檔案找了過來，你一個人要怎麼孤苦伶仃地生活，光是想想阿喵就覺得心酸。」她抹了兩把不鹹不淡的淚，又握拳道：「不過沒關係了！現在招財大人有阿喵在身邊，我會幫你打理好一切的。」

聽完她這番慷慨陳詞，陸昭柴徑直掏出了方才新買的手機打了一一九，「喂，您好，你們有個精神病人跑出來了，嗯，沒錯，現在在我家，求助。」

不等他報出地址，阿喵忙撲上去將他手機搶下掛斷了電話。她轉過頭來，含著淚水氣憤道：「招財大人怎麼可以這麼汙蔑阿喵！阿喵這麼聰明哪裡像精神病人！」

哪裡不像……陸昭柴還沒來得及反駁，又見阿喵擦乾淚水，一臉堅毅地拍了拍他的肩膀說：「不！沒關係，阿喵無所謂！因為，阿喵對大人深深的愛蒼天可鑑！」

「喂……」愛是怎麼冒出來的？

「大人虐喵千百遍，喵待大人如初戀！不管天崩地裂，我還是會一直堅守在大人身邊的！」

陸昭柴扶額嘆息，末了毫不客氣地劈手奪過阿喵搶去的手機，強硬道：「妳該堅守在醫生身邊，我不需要妳的愛也不要妳的照顧，妳獨自跑出來會讓父母多擔心！趕快回去吧，別讓我報警。」

阿喵臉上的神采在接觸到陸昭柴的冷漠之後慢慢變得黯淡下來，她埋下頭道：

「父母……早就不在了，他們才不會擔心。」

陸昭柴掏鑰匙的手微微一僵，腦海裡對這女孩的生世有了各種悲慘的猜想，看見她失落的神色，陸昭柴真想把剛才說的話拖回來吞進肚子裡去。但是言語的傷害一旦造成，用什麼都補不回來。他輕咳兩聲掩飾尷尬，「總之，我這裡不是妳該待的地方，回醫院去吧。」

言罷，他開門進去。阿喵一直耷拉著腦袋，直到陸昭柴關門的前一刻……

「招財大人不喜歡阿喵麼，阿喵……給你造成困擾了麼？」

門縫中，女孩的身影單薄而可憐，歪歪的護士帽又往下滑了滑。

不能可憐她不能可憐她！陸昭柴心一狠「喀噠」的將門關上。

靜謐的樓道裡沉默了半晌，最後只有女孩弱弱的聲音輕輕迴蕩了一會兒，「對不起。」

第四章

「哎……報個恩也能搞砸。真是蠢到沒得救了。」黃色花貓趴在社區花壇上仰天長嘆。

這貓正是阿喵，此時，離她被陸昭柴趕走已有三天了，她一直在這個社區裡面轉悠，希望躲在遠處悄悄打量陸昭柴，但是三天時間，陸昭柴愣是沒下樓一步。阿喵深深覺得，人類果然是種神奇的物種。

她打了個哈欠，無聊地動了動耳朵，剛一抬頭便瞅見陸昭柴終於走出了那棟樓，他拄著拐杖，走得有些吃力。阿喵渾身一震，立馬撒了歡地跟了上去。

陸昭柴沒走多遠，他出了社區，去一個最近的超市，沒一會兒就採購了一大包東西出來。阿喵立馬跑到他腳邊去打轉，本是想去看看他的腳傷如何，哪想陸昭柴見了她，居然從大包裡掏出了幾條魚乾，遞到她嘴邊。

阿喵睜大眼抬頭望他，此時的陸昭柴在她眼裡巨大非常，但是神色卻很溫柔，一如那次他將鱈魚裝在盆子裡推出來餵她吃一般，「慢慢吃。」

還是這句話，阿喵眼眶一熱，剛在他掌心裡蹭了一蹭，忽覺陸昭柴身子一歪重重摔倒在地。阿喵驚慌地讓開，忽見一個穿著黑夾克的男子撿起了陸昭柴掉在地上的錢包，拔腿就跑。陸昭柴腿傷未復，掙扎半天沒爬起來。

阿喵只覺一股沖天怒火登時燒沒了她的理智。

菊花大了啊！敢搶她喵星人護著的男人！

她四條腿一伸，跟著便追了過去，搶匪轉了個街角，跑進一個僻靜的小巷子。

阿喵捻了個訣，霎時化為人形，她衝上前，飛身一腳徑直踢在小偷的脊椎上。小偷登時失去重心，狠狠往前撲倒。阿喵「喵」的一聲大叫衝上前去，抓住了小偷的兩條腿，隨即抬起腳狠狠的往小偷褲襠中間踩去。

小偷白眼一翻，哼唧一聲悶哼，直接翻白眼暈了過去。

阿喵還嫌不夠解氣，又狠狠地跺了兩腳。

於是，一瘸一拐趕過來的陸昭柴便看到了這麼一幕讓所有男人蛋疼菊緊的畫面，他張著嘴，沒了言語。阿喵察覺到身後有人，轉頭看見陸昭柴，心裡一慌，立即扔了小偷的腿捂了臉便跑。

「站住！」陸昭柴大喝，「給我回來！」

阿喵老實站住腳步。

陸昭柴也沒有管小偷偷走的錢包，上前抓了阿喵便問：「不是叫妳回醫院麼！」

阿喵眼神盯著地面，不敢答應。陸昭柴火了，「什麼混蛋醫院竟然放妳一個人在外面走！」說完，他自己先對自己唾棄了一番，前幾天，不正是混蛋的他將她一個人趕了出去，讓她在外面流浪……

「阿喵，就想待在招財大人身邊。」她委屈地說：「阿喵很能幹，長得漂亮脾氣好，會看大門會打掃，能打小偷捉老鼠，招財大人是哪裡嫌棄阿喵了？」

這番言語說得陸昭柴徹底啞言，默了許久他終是問道：「為什麼不想回醫院？」

阿喵很不解，招財大人對於把她送回醫院那個地方似乎有種超乎常人的執念，為了打消他的執念，阿喵道：「那裡有人虐待我，阿喵會死在那裡的。」

陸昭柴面色一凝，蹙眉問道：「醫院的人虐待妳。」

「嗯。」

他眼中的神色從憤怒到沉凝，最後他沉默地摸了摸阿喵的腦袋，聲音中帶了幾分難以察覺的溫柔憐惜，「既然是這樣，那妳……」

「那我就留下來了！」阿喵搶過他的話頭大聲地說了出來。

「不……我只是想說，那妳換個醫院待吧。」

他這話說遲了，阿喵已經牽住了他的手，睜大眼滿眼期冀地望著他，「招財大人你果然是溫柔又善良的大人！」陸昭柴抽了抽嘴角，無言地落下兩滴汗，阿喵笑嘻嘻地說：「咱們一起回家吧！」

陸昭柴沒動，阿喵奇怪地望他，「招財大人？」

拒絕的話在喉頭轉一圈，看著阿喵金燦燦的大眼睛，陸昭柴頹然的嘆了聲氣，「沒事……我只是在想回去吃什麼。」

「不用擔心，阿喵做飯給你吃！」

第五章

陸昭柴後悔了，深深地後悔了！

他默默地看了看眼前這一盤焦糊的塊狀物，又回頭瞅了瞅一片狼藉的廚房，再抬頭望向一臉邋遢的阿喵，道：「所以……妳其實根本就不會作家務事？」

阿喵耷拉著腦袋可憐兮兮道：「阿喵很會吃。」聽見陸昭柴的長嘆，阿喵立即緊張地抓了他的手道：「招財大人要趕我走麼？我可以學啊，我很聰明，學得可快了。」

陸昭柴看了她一陣，搖頭道：「算了……」

阿喵臉色一變，「可別算了啊！你別嫌棄我……我……」她想了好一會兒愣是沒想出自己能作些什麼，於是神情越發焦急不安起來。

陸昭柴支著拐杖站起身來，往廚房走去，「妳想吃什麼？」

「招財大人……」

陸昭柴哭笑不得地望她，「問妳想吃什麼？」

阿喵呆呆地回答：「魚。」

陸昭柴一邊準備廚具，一邊揶揄她，「明明笨得像小狗一樣，卻還喜歡吃貓的東西。」廚房的燈光溫暖而柔軟，就像是陸昭柴的脾氣一樣，溫溫和和夾帶著煎魚的香氣，讓她無法不為之著迷。

她突然覺得自己方才說得也沒錯，真想吃掉招財大人啊，嗷嗚一口吞掉，讓他慢慢融化在自己身體裡。

阿喵便這樣站在廚房旁看著他直到晚餐做好。白瓷盤裡放著煎得金黃的魚，迷人的香氣讓阿喵美美地瞇起了眼。陸昭柴揉了揉她的額頭，「慢慢吃，小心刺。」

阿喵趕緊點頭，咬了一口魚，又恍然想起陸昭柴方才的動作，面色一沉，忙摸到了自己頭上，感覺護士帽還好好的戴著，她這才放下了心。陸昭柴瞟了她一眼，「討厭別人摸妳腦袋麼？」

喜歡招財大人摸……這話阿喵沒有說出口，她遲疑了一番，而後點了點頭。

陸昭柴理解道：「嗯，抱歉，以後不摸了。」

阿喵神色複雜地嘛了嘛嘴，不是討厭啊……只是，如果摸到了貓耳朵，你會討厭我的，會因為害怕而離得遠遠的。那才是她最害怕的事情。

可是不管阿喵內心多麼複雜，陸昭柴心裡多麼糾結，這隻喵星人終是在他家落了戶。阿喵如她自己所說那邊聰明，沒幾天便將家務事全都學會了，只是做飯這事還是由陸昭柴負責。

時間一久，陸昭柴也覺得有阿喵在身邊陪著似乎也沒什麼不好。陸昭柴本就是個溫和的人，他知曉了阿喵「悲慘的過去」，對她心懷憐惜，又因為自己曾狠心地將她趕出了家門難免忘不了愧疚，加之阿喵總愛黏在他身邊招財大人招財大人地叫喚，像隻小貓一樣乖巧又可愛，在種種情緒的綜合下，他對阿喵一日比一日好，甚至是……寵溺。

陸昭柴不知，在他這日復一日的寵溺之下，阿喵對他本來只有幾絲的愛慕之情，日漸壯大成了如滔滔長江水般勢不可擋的齷齪心思。

時正值春日，社區樓下的貓們成日成夜叫得銷魂，阿喵內心裡也發慌，日日思索著怎麼將陸昭柴給撲倒辦了。但好歹她是位知廉恥守禮儀的喵星人，除了本性外，她尚還存著一種名喚理智的東西。

於是，在理智的驅使下，阿喵在某日的食物採購之中，順道去逛了一下藥店，順手買了兩瓶那啥藥和一包塑膠狀的安全防護物。然後，她緊張地回了家。

第六章

到家的時候陸昭柴並不在，但是餐桌上卻有兩盤蒸好的魚規規矩矩地擺著。

緊張的阿喵無心顧及陸昭柴去了哪裡，她乘此機會將藥放到了陸昭柴的食物裡，本來只放了一瓶，但阿喵考慮到招財大人其實是個溫柔的男子，若是不逼至絕境，他是絕對不會對她做出壞事來的，於是阿喵狠心地放了兩瓶，決計要讓陸昭柴走上回不了頭的絕路。

下完藥，阿喵就坐在桌子的另一頭死死盯著那盤蒸魚，緊張得直哆嗦。

沒抖一會兒，大門「喀噠」一聲，是陸昭柴開門回來了。

阿喵瞬間屏住呼吸，僵硬地轉過頭給他打招呼，「哈……哈，你、你回來了，回來了啊！」

陸昭柴拄著拐杖，不大方便地脫下披風應道：「嗯，妳等久了麼？自己先吃著啊！我還得再做一份魚才行。」

「啊……」阿喵一陣失神，大腦裡瞬間閃過——招財大人你通神了麼，你怎麼知道我今天下藥了——這個想法，但是，當她看清陸昭柴懷裡抱著的東西的時候，什麼緊張害羞登時被一股莫名的酸氣沖走了，她森森道：「這隻貓……是哪裡死來的？」

陸昭柴懷裡正抱著一隻黃色的大花貓。他解釋道：「這傢伙不知是被誰拋棄了，像是快要餓死了，我見牠可憐就撿回來了，餵點吃的就放走。」陸昭柴一邊說著，一邊走過來端了桌子上的蒸魚便拿了過去。

阿喵只顧著惡狠狠地瞪著那隻貓，全身心都在戒備著牠，像要衝上去將牠打一頓拖走一般。直到大花貓開始吃起蒸魚來，阿喵才反應過來哪裡不對勁。她回頭看了看對面空蕩蕩的桌面，那裡本屬於陸昭柴的蒸魚，不見了……

阿喵的下巴毫無預警地落了下來，她僵硬地轉過頭，看著將她「精心」準備的食物吃得正歡的野貓，突然有種想分屍的衝動，「不能給牠吃！」阿喵拍案而起。

陸昭柴嚇了一跳，「怎麼了？」

「魚……魚……」阿喵結巴了半天終是大吼出一句，「魚是我的！」

陸昭柴十分不解，「妳不是還有一份麼？不夠的話，我再給妳做就是。」

阿喵指著那隻大花貓氣得渾身發抖，「這傢伙……這傢伙太討厭了！我要把牠丟出去！」

陸昭柴不贊同地沉了臉色，「突然使什麼性子，吃完這頓就把牠趕走，妳著急這一會兒……」他話音未落，大花貓像是突然受了什麼刺激一般，眼睛一下就亮了，急沖沖地奔到阿喵腳邊，猛地抱住了她的腿，急吼吼地想往上爬。爬不上去就在下面來回地晃動。

阿喵渾身僵了，她沒想到這原來是隻公貓。

陸昭柴也愣了一會兒，他極不自然地咳了兩聲，阿喵火了，拖著腿走到門邊，拉開大門一腳把大花貓踢了出去，「樓下這麼多嚎的，自己找去！」

狠狠地關上門，阿喵覺得丟臉死了，她垂著腦袋不說話，陸昭柴沉默了一會兒道：「我再補條魚給妳？」

阿喵抬起頭，一臉憋得通紅，眼裡竟含了包亮晶晶的淚水，「你這種取了個小狗名字卻喜歡貓的人類最討厭了！阿喵今天不想看見你！」言罷，她回了自己的房間，將房門落了鎖。

陸昭柴望著緊閉的房門，啞言了許久，「不就是……一條魚的事情麼？」

招財，你不懂，這是尊嚴的事情。

第27篇　鬼貓（下）

第七章

陸昭柴將剛蒸好的魚放在阿喵門口，然後使勁兒往門縫裡搧風，清香的蒸魚味道一陣又一陣地飄進屋子裡。陸昭柴誘惑道：「阿喵，餓了沒？」

屋裡沒有響動，陸昭柴又喚了幾聲，阿喵還是不理他。

他有些無奈地長嘆，他敲了一下午的門，說盡了討好的話，阿喵卻硬了心腸地不理他。

陸昭柴心道，這丫頭如此地倔，要養一輩子是件多麼艱難的事。這個念頭一出便將陸昭柴嚇到了。

養一輩子？開什麼玩笑，阿喵又不是一隻貓，她遲早會有自己的生活，會嫁人生子，而他也會娶妻。他們遲早會分開，除非……

「你娶我吧！」

阿喵的房門突然打開，她站在門口，嚴肅地說出了這句話。陸昭柴蹲在地上仰望著阿喵，呆了許久，「什麼？」

「招財大人，阿喵喜歡你，你娶了我吧。」說著她也蹲下了身子，直視陸昭柴的眼睛道：「你也喜歡阿喵的，對麼？對麼？」面對阿喵的步步緊逼，陸昭柴慢慢向後退，終是坐在了地上，阿喵也不客氣，直接往他身上爬，眼瞅著脣與脣便要相遇，陸昭柴在眼睛都快看對了的情況下終於大喝出聲：

「等一下！」

阿喵停住，往他腿上一坐，睜著大眼睛望著他問：「你不喜歡阿喵麼？」

陸昭柴揉了揉自己的額頭，好不容易才按捺下了翻湧的心緒，「怎麼突然之間說這個……」

「我早就想說了，因為我很矜持，所以一直藏著自己的心思。」陸昭柴聽得只抽嘴角，妳現在這模樣叫做矜持麼？矜持麼！阿喵不管他如何想，繼續說道：「你不喜歡阿喵麼？」

「不……可是妳還小。」

「才不呢，用你們的年齡來算阿喵已經二十了。」

此時內心慌亂的陸昭柴全然沒有注意到阿喵的用詞，只一門心思地在想如何拒絕她。阿喵卻在這時一手摟住陸昭柴的脖子，一隻手貼在他的心口，然後勇猛地將自己的唇貼在了陸昭柴的唇上。

陸昭柴懵了。

軟軟的小舌頭舔著他的唇，然後調皮地鑽進他的嘴裡將他狠狠糾纏住。阿喵的吻青澀而極具挑逗性。

不知時間過了多久，在兩人都有些氣喘吁吁的時候，阿喵終於離開了陸昭柴，然而男人的唇竟還依依不捨地將她含住了片刻。

阿喵笑瞇眼，她貼著陸昭柴耳邊說道：「招財大人，你騙不過我的，你心動的。」

「你喜歡我。」

就像一句咒語解開了陸昭柴的定身咒，他猛地推開阿喵，起身，瘸著腿疾行，然後拉開大門，落荒而逃……

看著緊緊關上的大門，阿喵失神地呢喃：「我……撲上去了啊！」她坐在冰涼的地上，摸了摸自己的唇，然後臉頰燒得通紅，「哎呀，招財大人的味道真心不錯，比什麼魚都還美味！啊，好害羞！」

這一晚，陸昭柴坐在公園的椅子上抽了一宿的菸。

他很清楚地知道在阿喵坐在他身上時那股莫名的衝動是什麼，喜不喜歡阿喵，他不知道。

活了這麼多年，他根本就沒有嘗過戀愛的滋味。但不管他對阿喵是怎樣的感情，在他衝動的那一刻，陸昭柴覺得自己就像一個誘拐了蘿莉少女的猥瑣大叔。

真……讓人唾棄……

第八章

一直躲避也不是辦法。陸昭柴終於還是在翌日清晨回了家。

打開家門，陸昭柴一眼便看見了趴在客廳地上的阿喵。他一驚忙走上前，仔細端量她一番，發現她只是睡著了，這才放了心。

看她這模樣應該是昨晚一直待在這裡沒動過。陸昭柴心中有些愧疚，昨天他就那麼奪門而去，阿喵心裡會怎麼想，以為他厭惡她了嗎？這丫頭應該很難過……

陸昭柴將她抱回了床上，剛想抽身離開，卻忽然被阿喵拉住了衣角。她還睡著，迷迷糊糊地喚：「招財大人。」一遍又一遍，喚得他心尖柔軟。

從沒有人如此依戀過他，他曾經以為，這樣的感情會是一種負擔，但他現在忽然覺得，這樣的負擔竟奇怪地令人愉悅。

陸昭柴一聲嘆息，在阿喵床邊坐了下來。

他見她頭上還帶著歪歪的護士帽，心想她肯定睡得不舒服，便動手將她的帽子取了下來……

貓……耳？

陸昭柴看見阿喵頭上的兩隻耳朵一時有些愣。他覺得奇怪，這丫頭幹麼帶著這樣的裝飾品，但是當他捏到那對貓耳上時，陸昭柴的神情宛如被雷劈焦了一般僵住了。這貨……這貨居然是真的。

耳朵被撓癢，阿喵在陸昭柴掌心舒服的一蹭，然後轉了轉耳朵，咂了咂嘴，接著睡。

靜默地過去了一分鐘，阿喵陡然驚醒，她慌張地摸了摸頭上的護士帽，驚覺帽子不見了，然後轉眼便對上了陸昭柴震驚的眼眸。

阿喵石化了一瞬。待反應過來，她立即緊緊拽住陸昭柴的手，聲淚俱下地哭訴：「不是你想的那樣啊招財大人！你聽我解釋！」

陸昭柴幽幽地說：「是麼，原來這才是妳待在醫院的真正原因，原來是因為這個他們才會虐待妳。阿喵……妳真不容易。」

「啊……」這回換阿喵一陣呆愣。

「因為害怕別人知道妳的耳朵長得與常人不一樣，所以妳才一直戴著護士帽，所以妳才一直裝瘋賣傻，不告訴我妳的過去麼？」陸昭柴心疼地將阿喵摟進懷裡，「妳放心，以後，我不讓別人欺負妳了。沒事了沒事了。妳別緊張，我不在意。」

喂……你是不是誤會了什麼。

阿喵張了張嘴，但在陸昭柴溫柔的懷抱之中，她終是選擇了什麼都不說。

房間裡氣氛正好，阿喵正在思索著要不要就此將事情辦了，忽聞一陣刺耳的門鈴響起。

陸昭柴拍了拍阿喵的背，然後獨自去開了門。阿喵坐在床上恨恨地捏了捏拳頭，她發誓，如果是保險公司來推銷的，她一定會讓他哭著出去。

「你好，我叫流波，是來找蠢喵的。」

門外傳來這個冷漠的男人嗓音讓坐在床上的阿喵僵住了身形。她悄悄躲到臥室門邊，往大門外望去。然後……瞬間石化。

陸昭柴打量了門口的男人一眼，心底下意識起了戒備，可是還不等他說話，黑衣男人的目光便落到屋內，他招了招手，命令道：「過來。」

第九章

他就那麼輕輕地一招手，阿喵便耷拉著腦袋老實地走了過去。

經過陸昭柴的身邊，他下意識地想伸手將阿喵拽住，但是還沒碰到阿喵便被流波探出的手隔擋開，「先生，不好意思，叨擾多日，今日我便將這禍害帶走。」

帶走？陸昭柴手心莫名地一涼，近乎強勢地拽住阿喵的手，他直勾勾地盯著流波道：「這得問問阿喵的意思。」如此與人針鋒相對這對於向來溫和的陸昭柴來說還是頭一次

阿喵耳朵動了動，眸光亮亮地望向陸昭柴，他這話的意思是，只要她不想走，誰都不能把她帶走麼……招財大人，心裡果然是有她的！如此一想，阿喵立即感動得淚花滾滾。

流波眼睛眯了一瞇，這才上上下下將陸昭柴打量了一番道：「我的意思便是她的意思。」

陸昭柴將目光轉到阿喵身上，挑眉問：「妳的意思？」

「不不不！絕對不是！」阿喵連忙搖頭否決。流波冷了臉色。

陸昭柴暗爽在心，面上還擺出一派正經道：「你看，不是她的意思。」

流波一聲冷笑，一把掀開了陸昭柴拽住阿喵的手，不再說一句話，拖了人便走。

陸昭柴面色一變還沒發作便聽阿喵大叫道：「父親父親，我不走啊，我找到丈夫了，你瞅瞅他，你瞅瞅他啊！」

父……親？陸昭柴愣眼了，看起來與他一般年紀的……父親？

阿喵，果然是未成年……他果然是誘惑無知少女的猥瑣大叔麼？宛如晴天霹靂狠狠轟在陸昭柴身上，他傻傻地僵硬了身子。

那方阿喵卻不知陸昭柴的心思，與流波道：「昨天我才與他說了這事，他剛要答應我，父親你就來了。」

阿喵語帶抱怨，流波聽了這話卻氣笑了，「嫁人？」他一把拉住她的耳朵，「玩心未退，心智不熟，連耳朵都沒進化乾淨就嫁人，我不是養妳來禍害人類的。」

「我不會禍害招財大人的！」

阿喵急著要解釋，陸昭柴失意地插話進來道：「沒錯，妳還沒成年，不該這麼早就結婚。妳還是跟妳……爸爸，回去。」

「我成年了！」阿喵心急，一把揮開流波的手，拉住陸昭柴道：「我二十歲了，我只是，我是……」她咬了咬牙道：「我是喵星人！外表看起來要比人類小一些，可是我已經二十了，我只是心智未熟，沒辦法讓耳朵消失而已……」

「喵……星人。」陸昭柴被接二連三的天雷轟得裡焦外嫩，此時已忘了自己該作何表情。

阿喵撇著嘴可憐巴巴地望著陸昭柴，「你……討厭外星人？」

他對外星人……根本就談不上感情啊！

流波將阿喵一拽，徑直往門外拖去，「連身分也未曾告知就想和他成親。胡鬧！」

阿喵這次沒再掙扎，只是一直依依不捨地望著陸昭柴，哪怕他只是上來拉她一下，下意識地挽留她一下也好。不要讓她覺得這段時間付出的所有那麼失敗。

可是陸昭柴只是傻傻地站在大門口，忘了任何表情。

「招財大人……」你又要拋棄阿喵了嗎？

「等一下！」陸昭柴恍然回神一般大喝道：「等等！」

流波聽他喚得竭盡全力，便給個面子地頓了腳步，陸昭柴急忙走上前來，眸中仍有驚訝之色未退，他捂著臉冷靜了好一會兒，才深吸一口氣道：「我或許接受不了外星人。」

阿喵失望地垂了眼眸，滿臉灰敗。

「和妳相關的事還真是每件都這麼令人訝異，我方才在想，如果今後我娶了個平凡的老婆，和妳相比，生活是不是會變得更無聊……」他一聲嘆息，無奈地笑道：「所以，如果外星人是阿喵的話，我大概可以一邊養一邊試著去習慣。我等妳慢慢長大，妳也等我慢慢習慣，好不好？」

阿喵抬起頭，滿眼皆是陽光明媚的燦爛。

可是她仍沒忘記身後拽著自己的那人，她一轉頭，含著一眼的淚，深深地望著流波，「父親，好不好？」

流波沉默了許久，「沒出息……」然後他嘆息著放了手。

尾聲

一年之後。

「咦……阿喵，妳的耳朵……」

「不見了，不見了吧！昨天有個叫白鬼的女子來過了，她說了一通莫名其妙的話，然後拿筆在我耳朵上一點，它就不見了。她說我該長大了呢！」

陸昭柴笑了笑，「嗯，確實成熟了不少。」

「那招財大人你習慣了麼？」

「嗯，差不多習慣了吧。」

「好！那我們今天拾輟拾輟把事情給辦了吧。」

「什麼？」

「房事。」

百果歌

第28篇

《百界歌》鬼節特別篇

二〇一二年公曆八月三十一，農曆七月十五，中元節，又稱……鬼節。

夜幕已經慢慢落下來，下了一整天淅瀝瀝小雨的城市逐漸亮起華燈。

倒楣九埋首疾行於人行道上，她縮著脖子，面色青白，不知為何，在尚有二十七、八度的氣溫中凍得渾身顫抖。忽然，她包裡的手機震顫起來，是母上打來的電話，「明天妳就該返校了，現在還在哪裡鬼混？不回來收拾東西？」

「就……就回來了。」她聲音極小，顫抖著應了一句就馬上掛了電話。

馬路上的轎車呼嘯而過，橙黃的車燈照出了她眼下沉沉的青紫色。

「哎呀，妳就要回家了啊，不能再陪我玩了。」一個二十來歲的男人聲音猛地自她背後傳出來，然而此時她的身邊並沒有人。「可是一個人好孤單啊，不然，妳帶我去妳家好不好，讓妳父母家人陪我一起玩。」

倒楣九腿一軟，哭了，「大哥，您放過小的吧，我都背著你走這麼長一段路，夠意思了，你去找別人吧，你再玩下去就把我玩死了。」又是一輛轎車呼嘯而過，車燈打在她身上，隱約能看見一個蒼白的影子搭在倒楣九背上，她微彎的背，竟是被那個東西給壓的。

「不要，我等了這麼多年，好不容易才等到一個蠢蛋摔倒在我的墳地上，埋了這

麼久，我得在外面多飄一會兒。」白色影子的腦袋撒嬌一般在倒楣九脖子上蹭了蹭，蹭出她一臉的冷汗。

倒楣九哭著咆哮：「我怎麼知道那是你的墳！那明明就只是一條大馬路上擺了一塊「小心地滑」的黃色標牌！你生前的名字叫「小心地滑」麼！叫麼！」

「你摔倒的那塊地皮，在一千四百多年前曾是我的墳。」

倒楣九抹了一把辛酸淚，她不想理會這到底是一個死了多久的鬼，只想將他趕走，「現在那裡已經不是了。」

「我是被強拆的。」白影甚為憂傷道：「你們太不尊重我那把老骨頭了。」

「老人家，你那是幾塊化石吧！」

白影一聲喟嘆，「隨妳說吧，反正今天我是要和妳回家的。」

倒楣九停住腳步，索性坐到路邊花壇旁只顧著抹淚，心想著自己斷不能這樣回去害了母上大人。她嚶嚶哭著，心裡翻湧著各式各樣的猜測，越想越害怕，到最後都覺得自己會命喪於此了。

白色影子被哭得心煩，道：「我又沒害妳性命，只是讓妳背著我四處走走玩玩，妳何以哭作如此沒出息的模樣，罷了罷了……」

聽他這樣一嘆氣，倒楣九喜上眉梢，「你願意放過我了！」

「……待會兒妳回家時，我不讓你母上察覺到我便是，我只纏著妳一人可好？」

倒楣九跺著腳，哭得上氣不接下氣地嚎：「沒法兒活了，沒法兒活了！」

「呃……這位小姐，妳怎麼了？」人行道邊路過一個四十來歲的中年婦女，她停下來看著倒楣九，帶著關心地問。

倒楣九一直搖頭擺手地讓她走，但是看見她手中提著的東西時，倒楣九一下就止住了哭泣，「阿姨，您這提的是？」

「這個？」阿姨把手裡的東西舉起來給倒楣九看，「這個是剝了皮的大蒜。」

倒楣九一把搶過她手裡的大蒜不由分說的抓了一把塞進嘴裡，刺鼻的氣味衝得倒楣九滿臉通紅，而趴在她背後的白影也痛苦地慢慢離開她的身子。

阿姨看不見白影，倒是看著倒楣九一陣驚呼，「矮油我滴倒楣孩子，這又不是安眠藥，吞了又死不了人……」她話音沒落，便看見倒楣九指著空無一人的方向跺腳猖狂大笑，「哈哈哈，去你的鬼大爺，老娘不伺候了，你愛哪兒待著，哪兒待著去吧！」

說完拔腿就跑，一會兒就沒了人影。

阿姨不解地看了看遠方又回頭打量自己剝了皮的大蒜，心疼得直嘀咕，「蒜貴啊老天爺，沒這麼糟踐的。」

她沒看見，在花壇的一邊，白色的影子目光幽幽地盯著倒楣九消失的方向，然後咧嘴嘻嘻笑了出來，「被鬼大爺纏住了，妳以為是這麼容易就跑得掉的麼？」

「小丫頭，咱們來日方長。」

翌日，倒楣九按照火車票上寫的位置找到了自己的座位。

她剛一坐下，身邊的一名女子便衝她奇怪地笑了笑，「小丫頭，去上學啊！」

倒楣九心底一涼，一絲不妙的預感閃過，她還沒來得及想到什麼，身邊那名女子頭往邊上一偏，呼呼睡去。倒楣九眨了眨眼，正道自己想太多，忽然，左手邊右坐下一個人來，是位中年婦女，她笑道：「說好了陪我玩，妳昨天居然吃了大蒜就跑，真是不乖呢！」

倒楣九驚駭地望著陰森森笑著的中年婦女。可是下一秒，中年女子打了個哈欠，臉上的黑氣轉瞬不見。迎面走來的列車員在倒楣九身前站住，彎腰抽過她的車票，一邊檢查一邊笑嘻嘻地說：「帶我一起去吧，讓我去見識見識妳的學校。」

倒楣九只覺眼前一黑。

火車慢慢啟動，她霎時覺得自己的前途如浩浩海面一片渺茫……

百果歌

第29篇 鬼血（上）

楔子

「牠往樹林中跑了！」

「夜色瀰漫，火麒麟渾身如火光亮，牠逃不掉，追！」領頭者一聲令下窸窸窣窣的腳步聲在深夜的樹林中散開。數百人馬向樹林四周分散追去。

樹林深處，一團明豔的火正在急速奔走，而在火焰之中竟包裹著一隻似馬非馬的動物。牠的背脊之上插著數十枝箭，血剛一流出身體，便被周身的火焰灼燒乾淨。

林中有一片寬廣的湖泊，火麒麟看了看身後見沒有追殺者跟來，牠終是慢慢停下了腳步，有些恍惚地埋下頭想喝點水，但是剛一靠近湖邊，稍淺一點的水便立即燒沸蒸騰開去。

火麒麟無奈又氣憤地撅了撅蹄子，牠細細探聽了一會兒，察覺追兵尚離此處甚遠，而這裡又有湖泊，牠的血跡應當不會被發現。如此一想，牠稍安了一點心，周身的火焰逐漸熄滅，而背上的血開始滴滴答答地落了下來。

牠安心地埋頭喝起了水，忽然，一個陌生的氣息快速地朝湖邊靠近。火麒麟立即戒備起來，牠左右看看，還沒找到避身之所，忽見一名男子渾身是血地從樹林中跑了出來。

青衣白裳，身受重傷卻不失從容。麒麟覺得他的狀況似乎比牠更糟糕幾分，男子面色慘白，身上的傷宛如血窟窿一般往外淌血，出了樹林，沒走幾步他便摔倒在地，又生生嘔出一口血來。

麒麟好奇地踱步到他身邊，男子還存著一口氣，眸光迷離地看著麒麟。兩個傷殘人士愣愣地互望了一會兒，男子嘆道：「又是妖怪。竟比方才那隻更醜幾分……」

麒麟不滿地撇了撇蹄子，道：「吾乃麒麟。」牠的聲音陰陽難辨，帶著幾許天生的威嚴。

男子愣了好一會兒，又自嘲般笑了笑，「如此汙穢之地竟能得見麒麟瑞獸，當真可笑……」他躺在地上，看不見麒麟背上的箭傷，只虛弱地呢喃道：「若你真是祥瑞之獸，便替人除去那破開封印的樹妖罷。還此方一片寧靜。」

麒麟心中一凝，果然感覺到樹林中有妖氣漸漸瀰漫開來。而此時，追殺牠的大批人馬也逐漸開始往湖邊靠近。這些人類想要牠的內丹，而樹妖也絕不會放過牠，前後皆是絕境……

牠的目光落在了男子身上。此人氣息清正，命格帶煞，是極陰之命。他天生便註定不能吸收麒麟內丹的力量，若將內丹寄放在此人身體中，既能保住他的性命，又可保住內丹不受侵蝕，而自己也能逃出生天。只要內丹還在，牠便能在祥瑞之地重生，彼時牠再尋到此人拿回內丹即可。

「汝喚何名？」

「胤蓮。」

「胤蓮，吾應你所求。」

胤蓮全然未曾想到火麒麟竟會答應他這個近乎苛刻的要求，正詫異時忽見一顆血紅色的珠子自麒麟口中吐出，然後慢慢行至他脣邊，「這是什……」不等他將話問完，珠子便強硬鑽進了他嘴裡。

一股灼心的熱立即從體內燒了出來，彷似要將他點燃一般。胤蓮難受得滿地打滾。火麒麟將他拖到湖水之中，任由他慢慢沉入湖底。

牠知道有內丹護著，他死不了。麒麟轉過身，聽見樹林中傳來人類驚恐的慘叫，想來是樹妖對來追殺麒麟的人動了手。

橙紅的火焰再次自周身燃燒起來，牠衝入樹林之中，炙熱的火焰擦過茂密的枝葉，隨著牠的腳步慢慢在林間燃燒開來。它能聽見樹妖低沉的痛呼，無數的枝椏橫掃而來，將麒麟緊緊困在其中。是樹妖想與牠同歸於盡。

可對於麒麟來說，形體的毀滅，從來就不是死亡……

第一章

兩年後。一群黑衣人順著河水邊的血跡急速追去。

青衣白裳的男子因失血過多神智漸漸迷離起來。胤蓮看了看身後越來越近的追兵，又望著前方湍急的河流，心想，左右身帶麒麟血的他想死也死不了，跳入河中總比被捉去做藥人來得好。

麒麟血……胤蓮冷笑，江湖中人夢寐以求的至寶。他卻並不覺得這東西有多好，除了能吊著他一條命，既不能讓他擁有神力，又不能令他身帶異能。他沒有棲身之所，沒有親近之人，只成了江湖人追殺的目標，俎上魚肉。

麒麟……若再叫他遇上那隻麒麟……

身後追兵已至，領頭者看出他欲跳河的意圖，立即下令道：「給我射斷他的腿！」

胤蓮眸光一凝，躍身欲跳入河中。忽然之間，不知從哪裡竄出一名紅衣女子，她狠狠撲上前去將胤蓮的腰緊緊箍住，「別啊！」胤蓮失了重心，重重地摔在地上。追兵的箭跟著射來，女子抱住他就地打了幾個滾，狼狽地躲開射來的利箭。

第一輪箭勢一停，女子也顧不得站起身來，俯身坐在胤蓮的身上，拽了他的衣襟便惡狠狠地大吼道：「我尋了這麼久才尋到你，多不容易知道麼！你敢跳河試試！」

他……何時認識過這樣的女子？胤蓮愣愣地忘了言語。

那方追殺者的領頭立即大喊道：「上！」

紅衣女子冷了眉目，立時站起身來，抽出一根通體漆黑的長鞭，隨手一揮，所有追兵手中的武器應聲而碎，眾人皆是大驚。只聽紅衣女子嘆息一般說道：「以多欺少，倚強凌弱，追殺的人還真是沒有點新花樣。」

不聽她言語，領頭者冷冷威脅道：「他是我安山王府要的東西，誰敢救？」在他們眼裡胤蓮從來不是人，他只是一味藥材，活生生的藥材。

紅衣女子淡淡勾了勾唇道：「他是我要救的人，誰敢殺？」她聲音帶著點天生的沙啞，語氣雖平淡但卻不失威嚴，猶如山中之虎不怒便自使人畏懼三分。

追兵們面面相覷，一時竟真不敢上前。女子拉了胤蓮起身，「咱們走。」

胤蓮不動，只淡漠地望著她，並非仇恨與戒備，只是單純的空洞，「妳不過也是要取我血罷。我為何要與妳走？」

見他如此神色，紅衣女子一愣，解釋道：「我不要你的血。」
胤蓮一聲輕嘲，「只來救人？誰會如此好心。」
紅衣女子皺了眉，她沒料到，不過兩年時間，生活竟給這個男子造成了如此大的改變。不過想來也是，日日活在被追殺的陰影之下，只怕聖人也得瘋了。她柔了眉目，點頭道：「我只來救你。」她頓了頓，「我是好人。」
這邊他倆話尚未說完，那領頭者面色一狠，右手剛凝起了內力，卻不知那女子是怎麼察覺到的，她瞪向追兵們，手中不知丟出了什麼東西，落在地上登時響起了巨大的爆裂聲，等地上翻飛的煙霧散去，哪還有那兩人的身影。
「逃了？」
「逃不遠，追！」

第二章

「為何救我？」

山洞中，失血過多的男子倚牆坐著，靜靜打量著正在生火的紅衣女子。

「只是想救，不行麼？」

胤蓮一聲冷笑，「方才是誰說尋了我許久？虛偽。」

女子也不生氣，淡淡道：「信不信隨你。我去找吃的。」說完她起身便離開了山洞。胤蓮見她果真走遠，歇了一會兒，感覺頭沒有那麼暈了，他又扶著牆站起身來，一步一步向外走去。

他死不了，所以只有好好活下去。作藥人的痛苦，簡直生不如死。他不想再過那種生活，只有不停地逃。

夜幕慢慢降臨，山林中偶爾能聽聞野獸的嚎叫，胤蓮只有憑著自己的感覺不停往前走，耳邊似乎只有自己粗重的喘息聲。忽然，前方黑暗中兩點駭人的綠光閃過。

亂蓮腳步一頓，屏住呼吸。此時周邊靜得可怕，連鳥蟲之聲也盡數消失。他心道不妙，林間草叢窸窣一響，一隻綠眼大虎猛地竄了出來，四肢飛躍徑直向他撲來。

亂蓮下意識地想逃，可還沒邁出腳步便被老虎撲住了，血盆大口直接往他脖子上咬去。

生死之間，他忽然卻有種解脫的感覺。

正適此時，虎頭不知被什麼東西驀地揍偏。溫熱的牙齒在他頸邊磨過，死亡擦身而過。

緊接著一道紅色的妙曼身影不要命一般從側面衝上前來，衝撞上老虎的腰身徑直將數百斤重的老虎生生撞出丈遠。老虎發出驚天怒吼，亂蓮摸著自己的脖子撐起身子驚駭地看著騎在虎背上死死揪住虎皮的女子。

她說……她叫凌星。

「快逃！」

急促間她只對亂蓮吼出了這一句話，接著便一拳打在老虎的頭上。一個女人隻身鬥猛虎……

亂蓮失神地想，她肯定是要他的血有大用處的，是要救她自己的命，還是救其他人的命呢？她既然能與虎鬥，身體定是健康的，那她要救的人是誰呢？於她而言值得用命來換……

不管是誰，都太幸運。能有人如此拚命保護著。

凌星的力氣大得出奇，十幾拳之後，綠眼大虎頭破血流當場斃命。她也脫力一般從虎背上摔到在地。一頭的汗，滿手的血，她喘著粗氣，望向胤蓮，聲音一如既往的沙啞，「你是在找死麼，嗯？」

胤蓮沉默不語，呆呆地看著她。

歇了好一會兒，凌星才站起身來，抽出鞭子，將老虎的四肢套在一起，「回去吧，今天烤虎肉吃。」輕鬆得像她捉了隻兔子一樣。胤蓮靜默著，在破開雲霧的月光中望向凌星，冷聲道：「我不欠人情，妳既然救了我，我會報妳此恩。說吧，妳想救誰？」

凌星眨著眼看了胤蓮許久，待反應過來之後她倏地大笑起來，「我說了是為救你而來，只是為救你而來！」

彎得似月牙的眼裡映著朗朗明月，好似一片動人星光。晃得胤蓮兀自失神。

第三章

火堆上炙烤著虎肉。胤蓮仍舊靠牆坐著一言不發地盯著凌星。

凌星看看肉的色澤估計著能吃了，她偷偷瞄了胤蓮一眼，後者接觸到她的眼神，冷冷地轉開了頭。凌星背過身，立即在懷裡掏出了一個瓷瓶。

胤蓮斜眼看著那個剽悍的女子笨拙地將懷裡的藥粉灑在虎肉上面，其手法粗劣得幾乎令人恥笑。

淡淡的味道飄散過來，胤蓮做了這麼久的藥人，一聞便知這是最低劣的蒙汗藥。想來這傢伙一定是被無良的藥店老闆坑騙了。

凌星轉過身來見胤蓮仍舊神色淡漠地望著洞外，她才將灑了藥粉的虎肉遞給他道：「烤得挺香的，你嘗嘗。」

胤蓮接過虎肉，一言不發地吃了起來。

他想，以她徒手打死老虎的手段根本犯不著對他下蒙汗藥，而普通的迷藥於他而言根本就沒用。不過他倒是可以順著她的意，藉此查清這女子的真實目的。

吃完東西，胤蓮「睡著了」，沒過多久他感覺有人拉了拉他的頭髮，像是在探試他是否真的中了藥。

見他沒反應，凌星彷似大出口氣。

她伸手解開胤蓮的腰帶，過分專心扒男人衣服的女人，沒注意到手下的身體越來越僵硬。

掀開男人的胸口，凌星看見原本白皙的胸膛上留下了各種醜陋的傷疤，看樣子是這兩年間留下的。

她微微有些嘆息，接著灼熱的掌心便貼上了男人的胸膛，裡面的心跳似乎有一瞬間的停滯，但是凌星並不在意，她只興奮地感覺到在他的心跳之中混雜著另一個東西的震動。

凌星大喜，她的內丹半分未損，找回內丹，她終於可以變回麒麟真身的模樣。兩條腿走路對於一隻火麒麟而言奇怪得連她都瞧不起自己。

可是當她接著探查內丹的狀況時卻慢慢皺緊眉頭。

接近兩年的藥人生活讓胤蓮一直處於體弱的狀態，若是常人只怕早已喪命，而麒麟內丹卻將他的命護著。

本來一個是陰性體質，一個是極剛烈之物，根本不可能融合在一起的兩個個體卻在一次次救與被救的過程中慢慢磨合。

凌星知道水火相融定是一件極為痛苦之事，但這男子承受了下來。而今麒麟內丹與男子的血脈相連，若是強行取回內丹，這個男子的性命只怕也走到盡頭了……

凌星犯了難，當初她將內丹藏於此人身體中本是好意，覺得兩全其美之事，不料竟會弄成今日局面。

凌星一聲嘆息，她摸了摸胤蓮胸膛上的傷疤，皺眉道：「怎麼會傷成這樣呢，他們到底怎麼欺負你了？」能看得出來這人兩年來為了這內丹受了不少苦，自己欠他的委實有點多。

猶豫再三，凌星終是將他的衣物重新拉好，就像她藥暈他只是為了替他查看傷口一樣。

這一晚，凌星沒睡著，胤蓮也沒有睡著。彷彿有一隻手一直帶著讓人感動的溫熱，軟軟地摸過他胸口上所有刺痛的傷疤，混著憐惜的輕嘆，撫慰他狼藉的過去。

就如她所說，她是來救他的，只是來救他的。

第30篇 鬼血（中）

第四章

凌星與胤蓮大眼瞪小眼地在山林中待了幾天。凌星沒有刻意看住他，但是胤蓮也不跑了，日日吃著凌星捉回來的野味，身體倒養得比這兩年來什麼時候都要好。

過了幾天，凌星見胤蓮的臉色紅潤，心想這樣下去，他不再需要內丹續命，內丹是不是就能和他的心脈分隔開來。

於是某天夜裡，凌星又在用笨拙的手法在食物上下藥。這次她心裡堆著事，藥下完了，她也正想得出神，鬼使神差地自己將下了藥的兔肉啃了兩口，待反應過來，她失落得像吃了大便一般。

凌星轉過頭去看胤蓮，卻見他望著洞外漆黑樹林的眼微微彎了起來，宛如微笑。

其實，這個男人笑起來是很好看的。凌星心頭詭異地飄過這個念頭。正在這時胤蓮轉過頭來眸光淡淡地看她，一如往常，剛才那個微笑就像是凌星的錯覺。

「肉烤焦了麼？」他破天荒地先開口與她說話。

凌星暈乎乎地答了「沒有」二字便仰頭往後倒去。沒想到她連低劣的蒙汗藥也扛不住，亂蓮忙伸手將她拽住，沒讓火焰燒了她一頭黑髮。

將她放到一邊躺好，亂蓮本想離開，但看到她垂放在身側的手又在她身邊坐了下來。這樣一雙與尋常女子無異的手，為何能那般凶悍地制伏猛虎，又能如此溫柔地撫摸他胸上傷疤……

想到這個，亂蓮臉頰微微一紅，好似那樣灼人的溫暖又在他胸膛上游走一般。

亂蓮忙退開身子，倚牆坐好，不再看凌星一眼。這女人太奇怪了，每次看見她，他都能感覺到心跳之外，身體內還有什麼在奇怪的跳動。有時像是實物，有時又虛幻得無法捉摸。

清晨時分，凌星一聲嚶嚀，醒了過來。她捂著腦袋坐了好一會兒才想起昨晚自己蠢成什麼德行。

亂蓮和平時一樣倚牆睡著，他好似從來不肯將後背露出來，時刻提防著被偷襲的危險。凌星湊過去，細細打量了他一會兒，覺得今日他睡得出乎意料地沉，她才大著膽子拉了拉他的頭髮。

他還沒醒，凌星了然，熟練地扒起他的衣服。手在他心口貼了一會兒，凌星發現內丹和他的心脈似乎沒有分開的跡象。她失望得不願意相信自己的手，親自貼了耳朵上去聽，結果還是一樣。

「妳在幹麼？」

胸腔震動，胤蓮的聲音在頭頂響起。凌星嚇了一跳，忙抬起頭，慌亂間四片唇摩擦而過，酥麻的顫動直擊心靈。胤蓮一大清晨便經歷如此事端，自然而然地起了生理反應。他克制著情緒，卻克制不住臉頰微紅。

凌星也是一片愣然，「你……這是求偶麼？」胤蓮咬了咬牙，剛忍下情緒，凌星一臉嚴肅道：「不行，季節還沒到。」

妳是動物麼……還要等春天？

他這話還未來得及問出口，忽聞山林外驚鳥紛飛，躲避追殺的經驗讓他明白定是有大批人馬追來了。他臉色一沉，凌星卻先他一步站起身來，她耳朵動了動，道：「約莫有三、四百人，從東北方追來的。」她思索了一會兒，問道：「胤蓮，你希望擁有麒麟血嗎？」

她第一次主動提出這個話題，換得胤蓮一聲冷笑，「妳說呢？」

「可若沒了麒麟血你便活不了，你又當如何？」

胤蓮默了許久，他目光深沉地盯著凌星，思緒漸漸飄遠，兩年間的過往在腦海裡翻過，他低沉地答道：「這兩年來，我無數次地想過，若是那天晚上，我沒有遇上火麒麟，就此死在樹妖的手裡……該有多好。」他垂下眼，看著自己手腕上永遠也消除不了的疤，蒼涼了眉眼。

凌星心頭一抽，「你恨那隻麒麟？」

「恨極。」彷似仇深刻骨。

第五章

凌星第一次覺得自己確實做了一件自私的事。

她帶著胤蓮去蒼山之巔，那是火麒麟的棲身之地。雪峰上的寒氣能抑制住麒麟內丹的躁動，而尋常人耐不住雪山寒冷登不上山頂，那裡又隱蔽，極不易被人發現。凌星打算到了那裡再設法取出內丹，或許山裡的靈氣能護住胤蓮一命。這一路上他們碰見了無數次的追殺，一場接一場，密集得幾乎將她逼得窒息。

這兩年來，胤蓮都是過著這樣的生活麼……也難怪他一心求死。

深夜，尋偏僻小徑而走入荒林中的兩人沒有點火，怕不慎引來追兵。一棵大樹分了兩根粗壯的枝椏，兩人一人坐一根，靠著歇息。

連日來體力的消耗讓凌星憔悴不少。沒有內丹，她只是在消耗自己的血脈之力。這不是長久之計，現今內丹已與胤蓮的心脈漸漸相容，他開始不自覺的吸收內丹中的精力，這對於凌星來說是個致命的傷害。若有朝一日胤蓮將內丹的力量完全吸收，那……她便會徹底消失了。

「麒麟血在你身體裡面，別人怎麼發現的？」凌星望著遼闊的星空輕聲問。

「與我有姻親的女子病重，我救了她。」他只答了一句，凌星便能猜想得到後面發生的所有事情，定是那女子出賣了胤蓮，他的血雖比不上麒麟內丹的功效，但若長時飲用，確實有治病救命的作用。

或許，這是他恨那麒麟的又一條理由。凌星一聲長嘆，卻聽胤蓮冷冷道：「不用同情。」

「不是同情，我只是……」凌星哽住，因為一個人類生出如此多的情緒實在不應該，她也不知道自己到底怎麼了，有點愧疚，有些可憐，還有些莫名的情緒，她摸不清楚。

她話只說了一半，胤蓮也不深究，彷似思量許久，他終是將最在意的事問出了口：「為什麼這麼拚命地救我？」

初始的相救或許是因為所謂的俠義，之後的生死相護怕是至親之人也無法做到。她堅韌得倔強，從不說自己受了傷，但胤蓮都知道，看見她獨自在河邊擦洗皮肉翻飛的傷口，他的胸腔會不由自主地緊縮，緊得類似疼痛。

「為什麼？」凌星疲乏地眨了眨眼，神智慢慢昏睡，她模糊地呢喃：「嗯，興許是心疼你吧。」

心疼？

胤蓮涼涼嘲諷，「騙人。」

然而他的臉頰卻情不自禁爬上了紅暈。心中彷似有潮汐的浪潮，一波一波，拍著心岸，令礁石鬆動。

清晨，凌星被射向自己的利箭呼嘯聲喚醒。她頭一偏，只聽「篤」的一聲，箭頭沒入她耳邊的樹幹裡，箭尾顫動。

凌星居高臨下地望著樹下的女子，挑了挑眉，「母的？」

女子冷冷一笑，再次引弓直指凌星，「妳大可出言不遜，今日你們休想逃得了。」

她話音一落，黑壓壓一片黑衣人自樹叢中走出來，將大樹團團圍住。

凌星蹙了眉，她身上傷勢未癒，若要強鬥如此多的人，只怕……

「姚瑤。」沉默的胤蓮靜靜開口，「我與妳回安山王府，放過她。」另一樹枝上的胤蓮翻身落地。他直直地盯著那女子，彷似在看一個死物。

第六章

姚瑤面容一僵，繼而冷笑道：「你為了她，甘願回去做藥人？」

她眼中的怨毒讓凌星了然，「哦，原來妳便是那背信棄義的未婚妻。」

姚瑤臉色一變。凌星看也不看她，躍下樹枝，一把將胤蓮的手拽住，「我還不至於要求別人放過。」

胤蓮一反常態地強硬，他反手捏住凌星的手腕，扣住她的命門。他武功不弱，只是被廢了而已。而廢他武功的正是姚瑤。胤蓮垂下頭，對凌星道：「多謝妳這些日子以來的拚命相護。」他能感覺到凌星的疲憊，而他也越發不能忍受她的憔悴，「到這裡就足夠了。」

讓他相信，這天下還對他留有餘溫，便夠了。

按捺不住心口湧動的情緒，他的脣輕輕擦過凌星的額頭，連親吻都算不上，只是一個觸碰，然後他決絕地放手，向姚瑤走去。

額頭的溫度微微擾亂凌星的心弦，待她回過神來，胤蓮已走到了姚瑤身前。眼見那女子的手便要抓上胤蓮，凌星不知心頭猛地竄出的這股情緒是什麼，二話沒說，抽鞭打去，狠狠隔開姚瑤的手。

姚瑤緊蹙眉頭，一腳踩在凌星的鞭子上，揮手道：「給我殺了她！」

數十名黑衣人一擁而上，凌星一抖長鞭，長聲大喝，一鞭橫掃而去，凌厲的殺氣夾帶著刮人的風，數十人當場重傷倒地，後面的人礙於凌星這一擊的威力，皆駐足不敢向前。姚瑤見狀，極快地點了胤蓮周身穴道，拖了他便往林中深處跑去。她輕功極好，眨眼便不見了蹤影。凌星一邊與眾人纏鬥，一邊也追著往樹林而去。

不知被姚瑤帶走了多遠，行至一處岔道口，姚瑤忽然停住腳步，她盯了胤蓮一會兒，低聲道：「我欠你良多，方才那女子看來是真心對你好的。安山王世子病重，安山王爺布下天羅地網尋你，你若回去，活得只會比以往更痛苦。我只能助你這一次，趕緊逃得遠遠的，這世間，總有王府勢力到不了的地方。」她將胤蓮藏在一處深草之中，她最後看了胤蓮一眼，沉聲道：「胤蓮哥哥，好好活下去。」

姚瑤一邊向遠方跑，一邊拔出袖中匕首，在自己腰腹上狠狠扎了一刀，鮮血橫流，後面的凌星也漸漸追了過來，而她身後是無數的追殺者。姚瑤偽裝好傷勢，倒地大吼，「休要再管這個女人了，那藥人跑了！往東追！」

眾人皆訓練有素，立即收了攻勢盡數往東追去。

待黑衣人消失，凌星一身是血地半跪在地，姚瑤捂住腰間傷口看了她一眼，跟著黑衣人的腳步而去。

凌星能感覺到麒麟內丹的氣息在附近，胤蓮沒有逃走，她明白，那個未婚妻子總算是良心發現了一次。而凌星也沒力氣再去尋找胤蓮了，她脫力地癱軟在地，涓涓流出的血幾乎染溼土地。

從早晨躺到傍晚，胤蓮身上的穴道總算是解了，他尋過來便看見凌星宛如沒了氣息一般死寂地倒在地上。

一時間，心臟驟地揑緊。

「胤蓮……」地上的人察覺到他的腳步聲，眼睛也懶得睜地說：「去蒼山……那裡，人少，不危險。」

胤蓮頓住腳步，咬牙道：「我獨自去便行。妳走吧，別和我待在一起了。」

凌星這才睜開了血糊糊的眼，眼神迷離地望著他，「走不了啊！」

胤蓮氣急，「離開我。」

「離開不了啊！」凌星艱難彎脣笑了笑，「動不了啊！」

胤蓮緊緊握住拳，轉身便走，忽然，背後傳來凌星沙啞的一聲喚，「喂……不知怎麼搞的，我好像喜歡你啊！」

胤蓮紅了眼眶，沒有應聲。

第31篇

鬼血（下）

第七章

月朗星稀，蒼山之上白雪茫茫。又是一場廝殺方歇，刮骨寒風吹走她滿身腥氣。獨行腳印留在雪地之上，混著鮮血，紅衣女子每踏一步，沉如千斤。忽然，她腳下一滑，狠狠地摔在雪地裡，冰雪浸骨，彷似就要將她掩埋。

一雙同樣冰冷的手將她從雪地裡拖了出來。凌星吃力地睜開眼，眼前是一雙藏青色的長靴，她努力抬起頭，看見了青衣白裳的男子神色淡漠地站在她面前，「妳走吧。」他說：「我不值得妳如此相待。」

不值得……凌星想有時候，值不值得哪能自己說了算。她聲色乾澀沙啞地呢喃著，「我覺得挺值。」

男子看著她灰白的臉色，緊緊蹙了眉，他轉過身，帶著些許僵硬地說：「我不會感激妳。」

凌星忍住胸中翻湧的腥氣，一邊爬起來，一邊輕聲道：「我也不要你的感激。」

她走上前，輕輕拉住男子如寒冰一般凍人的指尖，兩雙再是冰冷的手，相握的時候也不經意地摩擦出一絲溫暖，宛如凌星此人，是那極寒中帶著點點讓人心底也為之震顫的溫暖，令他不由自主地……沉迷。

「我把他們趕走了，咱們回去吧。」語氣溫和，像是在哄一個鬧脾氣的彆扭小孩。

他在凌星看不見的角度垂下了眼瞼，心頭的悸動被巨大的無奈死死按捺下去，他如同籠中困獸，被現實的鐵欄禁錮了腳步。胤蓮抽出手，往前走了兩步，冷聲道：「我與妳並無關係。」

「有啊！」蒼茫白雪中，青衣白裳的男子身影開始慢慢模糊起來，凌星的身子不由自主的向旁邊倒去，「我們……關係匪淺。」

身後一聲輕響，再無動靜。胤蓮回頭一看，卻見紅衣女子昏倒在地，而她周身的血染紅了遍地蒼白。

宛如利爪撕心的痛，胤蓮臉上的冷漠再也裝不下去地崩潰。

他疾步走回凌星身邊，將她抱在懷裡，細細地探查，直到感覺到她鼻息微弱的起伏，胤蓮才敢放任自己害怕地顫抖。

「妳走吧。」他喑啞地說著，卻埋首在凌星的臉頰邊，緊緊貼著她不多的溫暖，無助又絕望，「離開我……求求妳。」

體內的血液隨著他情緒波動慢慢翻湧起來，在大雪的天幾乎瞬間讓他感到了灼心的熱，帶著焚毀一切的力量在他身體中來回衝撞，令胤蓮痛得猶被凌遲。

麒麟血……這一切命運的捉弄皆是因麒麟血而起。

若沒有這東西……胤蓮的喉頭迴響著如困獸般的沉吟低哮，恨得想殺死自己。可他連死也要受麒麟血的禁錮。

凌星再醒來的時候，發現自己已經在蒼山中的某個山洞中待著了，洞裡明媚的火光與洞外的冰天雪地形成鮮明對比。

她望了望只穿一件單衣便站在洞口的胤蓮，心道麒麟內丹想來已與他的血脈完全連在一起了吧，只是他還不會運用內丹的力量。而今凌星的身體也已經到了極限，若是再不取回內丹，她只怕真的要徹底消失在世間了。但取回內丹，胤蓮的命怎樣都保不住。

你死我活之局，對現在的凌星來說既是最簡單也是最困難的題。

「胤蓮。」她一聲輕喚，站在洞口的人轉過身來，他一手的血，將凌星嚇一大跳，「手……怎麼了？」

胤蓮隨意甩了甩手腕上的血，「無妨。」他冷冷一笑，滿面嘲諷，「反正我已是不生不死的怪物了。」

他面上的神色扎得凌星垂下眼眸。凌星默了許久，終於道：「若我說，我可以助你擺脫麒麟血，但卻要以你性命為代價，你當如何選擇？」

「求之不得。」

第八章

是夜，凌星將藏的最後一點蒙汗藥給胤蓮吃了，和從前一樣，沒一會兒他便沉沉睡去。她解開他的衣裳，這次她的手指先在胤蓮身上的傷疤上游走了一遍，然後輕輕貼上了他的心口。她的手掌不復從前溫熱，涼得胤蓮下意識地寒毛戰慄。

感受掌心下心臟平穩的跳動，還有內丹輕微的顫動，凌星指尖不由自主地顫抖起來。她要親手殺了胤蓮，讓這個溫熱的胸膛變得冰冷，讓沉穩跳動的心臟慢慢靜止。

「對不起……」凌星沙啞著嗓音道歉，「我沒想到會變作今日局面，讓你如此痛苦……」她緊咬著牙關，顫抖的手指曲起，開始吸引著胤蓮體內的內丹與他心脈慢慢脫離。

胤蓮渾身一震，內丹離開心脈的那一刻，劇大的疼痛席捲全身，幾乎讓他痛得痙攣，胤蓮覺得自己不能再裝下去了，若是再不睜眼，他便永遠也看不見凌星了。

凌星面色蒼白，汗如雨下，彷似比胤蓮更痛上三分。麒麟內丹的慢慢回歸讓凌星皮膚之下逐漸浮現出麒麟鱗甲，她頭上長出了角，真身漸現。

看著眼前這張臉，胤蓮恍然大悟。之前心中的所有疑惑，在此時盡數解開。她救他，拚命相護，原來不過是因為她的內丹在他身體裡藏著。

胤蓮一直清楚凌星如此對他定是有什麼理由的，只是那個理由一直是個謎，他便放鬆了警惕，甚至相信「喜歡」這樣可笑的理由。但當這個理由擺在他面前時，胤蓮一時覺得，自己被徹底戲弄了。

她不喜歡他，只是利用。

這樣的想法讓胤蓮沉了眉目。

「妳若想尋回內丹，一開始直說便好，我不稀罕妳這東西，要拿走，拿走就是，何苦如此大費周章。」他靜靜開口，凌星駭了一跳，手上一鬆，內丹又吸附在胤蓮心脈中。「妳花這麼多心思想拿到這個東西，不知為何，我現在卻是不想給妳了。」

他冷冷地盯著凌星，「火麒麟，妳害我至此，我為何還要讓妳過得舒坦？」

凌星面色一白。

「我胤蓮便是日後活得再痛苦難受，今日也不會讓妳取回內丹，妳我不死不休。」

凌星看了他一會兒，倏地笑了，「胤蓮，我是真的喜歡你的，和內丹無關，我想對你好，也是因為喜歡你，我……」

胤蓮此時心緒極亂，不管凌星說什麼，他都認為她一定是有別的目的，一想到她對他說的每一句話、做的每一件事，或許都是虛假的，他就覺得心彷似被撕咬一樣，難以忍受。

「滾。」他打斷凌星的話，「別再讓我看見妳。」

凌星靜靜地看他，「可我還想看看你。」沒有內丹，她也就幾天的時間了吧。

「滾！」澎湃的內力噴湧而出，徑直將凌星掃出丈餘遠。

他……能用麒麟內丹的力量了。凌星捂著胸口嘔出了一大片血，有些高興又有些失落地想，以後他能把自己護得好好的，再也不需要她了。

第九章

凌星當真走了。

胤蓮在山洞之中一步也未動地等了她三天。他坐立不安地想去尋她，又怕凌星回來找不到他，他知道凌星的內丹在他這裡，她一定不會走遠，她一定還在，只是因為前幾日他氣急說了重話，讓她不敢回來而已。

胤蓮不是傻子，冷靜下來後他心裡比誰都清楚，日夜相處，他還沒有糊塗到連真情假意都分不清楚。那時他只是氣狠了。

風雪中忽然傳來濃郁的血腥氣，這幾日，他的感官比以往要靈敏許多，一下便嗅出來是凌星的血……

心中陡然升起不安的感覺。他衝出洞口循著味道而去。

蒼山山腳，光禿禿的木桿上吊著一個紅衣女子，她渾身是血，滴滴答答地落在地上，又被沙一般的雪吸了進去，寒風呼嘯中唯獨沒有她的呼吸。

胤蓮慢慢走到她下方，呆愣地抬頭望著她，陽光割裂的世界在他眼裡慢慢崩塌，只留下了凌星破碎的身子，和她還未閉上的眼。

「凌星……」

蒼山腳下寒風颳得蒼涼，他彷似聽見凌星的聲音：「可我還想看看你。」未闔上的眼在此刻終是慢慢閉上。

最後一眼，他趕上了。

他捂著臉，脫力一般直直跪了下去，遮住表情的指縫間，竟漸漸滲出血淚，分不清是痛、是悔、是恨。他不是真的想趕她走的，他只是、他只是不曾料到那一別，竟是永別……

窸窸窣窣的腳步聲。他望向遠處安山王府圍追過來的追殺者，血紅的眼裡澎湃殺意再也遏制不住。

尾聲

二十年後

血麒麟以一人之力屠盡安山王府，天下皆驚。

蒼山之巔，胤蓮靜靜望著漫天風雪，心中空得連寒風也呼嘯不進去。

「妳又來了。」

銀鈴聲漸近，最終在他身後停下腳步，「二十年之約，你承諾在今日給我的東西，我來收走。」

女子一身雪白，彷似要與漫天蒼涼融為一體，她聲色有些沙啞，與胤蓮心中的那人有些相像，但她的聲音裡卻沒有半分感情。

胤蓮勾了勾唇角。手撫上心口，「大仇已報，我要麒麟內丹再無用處，妳要拿走便拿走吧。」

白鬼拿出筆，輕輕點在胤蓮的後背上，取出麒麟內丹的時候胤蓮忽然道：「妳若是早一點，在淩星尋到我之前便將這東西拿走，多好。」

「我要的，不過是你附在這麒麟內丹上的悔恨。」白鬼沉默了一會兒，開口問道：「報了仇，會感覺開心一點麼？」

「不會。」

他作了這麼多，拚盡一生去報復，回頭一想，卻覺得自己所作的這一切竟比不上他在淩星活著時，給她一個微笑。他悔的、恨的不過是當初自己的無情和愚蠢。這樣的痛與恨，再多的鮮血和報復也無法消除。

他想贖回的、想補償的，早就被淡漠歲月無聲抹去，再也找不回來了。

筆尖離開胤蓮的後背，麒麟內丹黏在筆尖上被拖了出來。胤蓮眼神一空，身子直直地往萬丈懸崖下摔去。飄零如蒼山之巔永不停息的風雪。

白鬼握住了內丹，眺望遠方天地相連處，一聲喟嘆：「第九十七隻鬼，還有三隻……」

第32篇 鬼教（上）

楔子

若水跪在山寺大門之下，這已是第三天，方丈又來勸她，若水仍舊只有一句話，「我要他親口對我說。」對她說，他出家了，附休書一封，了了他們的婚姻，斷了他們的塵緣。

方丈一聲嘆息，搖搖頭，走回寺內。

若水放出袖中的聽音蠱，讓它跟著方丈的腳步爬進山寺重門，自己靜跪原地，聆聽聽音蠱傳來的響動。

方丈推門走進一間精舍中，木魚聲響，檀香裊裊，灰衣和尚坐在蒲團上，細聲念經，聽聞方丈到來，聲音暫歇。

「阿彌陀佛。」方丈問道：「她已在山門前跪了三天，空念，你仍不去見見麼？」

空念、空念……她心心念念思念著的人，卻取了這麼一個法號，一時，她覺得這世界無奈得讓人好笑。

木魚聲再起，葉子能想像道他闔眼靜坐的模樣，專心沉靜，一如往常他為她畫眉那般。只是言語，再不復往日溫柔，「方丈既替我取法號為空念，便是知曉我的心思。紅塵俗念皆已成空，我不會去，而她總會走的。」

山寺門前的風卷著桂花香，吹涼了若水心中翻湧的血脈，老方丈那聲蒼涼的「阿彌陀佛」在她耳中來回晃蕩，空悠悠地沒有著落。

「過往已成空，我前生作殺孽太多，後半生只求能渡盡世人以化孽障。」他忽然又開口說道，聲音彷似就在她耳邊。若水所有的蠱術他都知道，想來他已經發現了聽音蠱，這話是說給她聽，「佛門清淨，不該為人所擾。」

悲涼之下，若水只覺心底怒火燒破悲涼，染紅她的眼眶。

「蕭默年，你負我。」她垂下頭望著自己已跪得麻木的膝蓋，呢喃著：「什麼白首不離，情義繾綣……」

若水慢慢站了起來，僵硬麻木的膝蓋讓她無法立得筆直，但即便是這樣她也要大聲地告訴他，他娶的妻不是一紙休書便能休離得了的，也不是一句「過往成空」便能抹滅得去的，紅塵俗世，他自私地想忘得乾淨，她卻偏要叫他至死也忘懷不了。

「蕭默年。」內力夾帶著喑啞的嗓音傳入山寺之內，驚飛了寺中閒鳥，「你避入佛門以求清淨，那我便要鬧得佛門也無一日安寧。你要渡盡世人贖過往罪孽，我便要害盡蒼生造人間無數業障。」若水頓了頓，垂下眼眸，再一次放下自尊服軟，「你知道，我言出必行；你也知道，我今日這話只是為了逼你，若你願與我回家……」

聽音蠱的氣息在她耳邊被掐斷，她微微一愣，不一會兒便見方丈出了山寺大門，站在高高的臺階上對她合十行禮道：「阿彌陀佛，施主請回吧，空念再不是塵世中人，那些事端於他而言也不重要了。」

若水涼涼地笑了，「方丈，他修佛，只是因為佛讓他找到了一個可以躲避的地方而已。他心中無佛。」

方丈只對她說了一通阿彌陀佛的屁話。

她笑道：「他總會為今日的自私付出代價，也總會明白，這世上總有些人、有些事，不管他修了什麼法、悟了什麼道，也躲不開、避不了。」若水不再多言，轉身離開，只淡淡地留下一句話：「方丈，三年之後，你定會後悔為蕭默年剃度。」

第一章

元武七年，南疆魔教攻破中原最後的防守，大舉入侵中原武林，眾多門派被各個擊破，朝廷無力鎮壓，中原一時之間生靈塗炭。

南陽鬧市，披著黑色大氅、戴著深色垂紗斗笠的人快步走過街道，她身後跟了幾個同樣打扮神祕的黑衣人。

「南疆魔教惡行多，殺人如麻不悔過，上天自有好生德，血債血償逃不脫。」深巷中，小孩的歌聲傳來，戴斗笠的領頭者透過面前黑紗，冷眼望向巷中正在玩耍的幾名小孩。

身後的死士立即上前來詢問：「教主，是否要將他們的屍體掛出來遊街示眾？」

不問生死，只問死後如何處置，看來「殺人如麻」不止外界如此看她，連巫教教內也是如此。

若水擺手道：「殺幾個孩子無濟於事，找出編排這首兒歌的人。」她的嗓子被內力控制著，陰陽難辨，他們都聽不出她的本音，甚至不知道她是男是女。對於外界，他們只知道她的名字——蕭默年。

他們所憎惡的，所仇恨的也是「蕭默年」，是她那早入了空門的相公。

三年之期，她說到做到，鬧得天下不安，造盡孽障，所有的殺伐與鮮血皆是為了今日……

今日，她的腳步容不得任何人打斷。

威遠鏢局中數十名巫教打扮的人已等在大廳中，威遠鏢局的總把頭站在一個巫教人身邊滿臉諂媚的笑。外面忽然嘈雜起來，有巫教人來報，說教主已到，廳中數十人立即站起身來，恭敬地跪了下去。等若水走進來，無人不埋頭行禮，「教主。」

若水將大廳掃視了一圈，微微皺起了眉，「人呢？」

總把頭立即恭謙地答道：「回教主，空念大師嫌外間紛擾，現在正在後院歇息著呢。」

「這裡沒什麼空念大師。」若水丟下這話，拂袖而去，「你們都別跟進來。」

穿過長長的走廊，盡頭處有一個僻靜的院子，她還沒進門便能聽見裡面傳來輕敲木魚的聲音，能聞到淡淡的檀香。下屬們對他不錯，若水想，可是她卻不想讓他過得這麼舒坦。見不得他一個人過得這麼好，就好像她對於他的人生來說根本就無關緊要一般，若水十分不喜歡。

她沉了臉色跨步邁進院子裡，院裡小屋的門並沒有關上，若水一眼便瞅見蕭默年的背影，心潮難以自抑的一陣湧動。他跪在蒲團上一邊敲木魚一邊呢喃著經文，看起來像是一副慈悲為懷的人樣。誰能想到這樣的人曾經也是滿手鮮血，冷血至極呢。

若水嘲諷地勾了勾唇角，三年未見，他瘦了許多，想來僧人的清修還是極苦的。

木魚聲一停，蕭默年的聲音輕慢的傳來，「來了便進來坐吧。」

若水也不客氣，老實走了進去，大大方方地坐在屋裡的上座，正在蕭默年跪拜的正前方。她取下了頭上的黑紗，淡眼看著仍跪坐在蒲團上的蕭默年，沒有說話。

蕭默年也不在意，只淡淡道：「若水，好久不見。」

「確實有點久，三年時間，多少血肉化白骨。久得連我的堅持都開始動搖了。」

蕭默年淡淡地彎唇笑了笑，一片風淡雲輕，「妳作了這麼多，終於成功逼迫方丈將我趕出寺門了。」他抬起頭，眼神與若水相接，「恭喜。妳又圓了一個願，只是妳欠下的債，我便是念一輩子經也不能替妳還完了。」

「欠著便欠著，上天有本事來找我討要便是。」若水敲著木椅扶手，若有所思一般說：「倒是你欠我的，我現在便要向你討回來。」

蕭默年靜靜望著她，無悲無喜。

「給你兩條路，死或者被我折磨至死。」

「呵，妳恨我至深。」蕭默年笑了，「一紙休書傷了妳的驕傲，妳想我如何還妳？」

若水瞇眼笑了，脣角卻沒有一絲溫度，「我現在比較喜歡在殺人之前先折磨他一會兒。你覺得如何？」

「隨妳。」

拳頭不由自主地握緊，若水不放過他臉上任何一絲表情，可是她看不見蕭默年的情緒，他便真如得了道的佛，不管她作什麼事他都笑得慈悲。

「好。」若水重新戴上了頭紗，聲色冷漠，「我定不負君意。」

第二章

中原武林的烏合之眾在少林搞了個武林大會，選了個盟主出來，名喚上官其華，若水聽得下屬稟報，那人武功了得，在屠魔大會上力壓群雄，還捉了一名巫教堂主。她不甚在意地應了一聲，眸光淡淡地掃過立在一旁的蕭默年。她將他召來，卻不給他看座，就讓他站在身邊，聽著屬下來稟報巫教在中原各地的所作所為。她是希望蕭默年生氣的，氣急敗壞地失去風度，畢竟看見他自己曾掌管的巫教混帳至此，誰都會痛心難過。

但蕭默年只是沉默地數著佛珠，不置一詞也沒有表情。

「派人去探探虛實，中原武林積弱已久，不會突然冒出這麼個人物出來。若有機會，將此人直接殺了。」

「是。」

事務暫時處理完，若水倚在椅子上問蕭默年：「你看我如今這樣打理巫教，好是不好？」

蕭默年數著佛珠淡淡答道：「巫教比以前厲害了不少。」

見他仍沒有情緒，若水臉上的笑冷了下來，「託你的福。」若沒有他這個前任教主半途出家，哪來她穩坐巫教主位，橫霸天下。

若水目光落在窗外，見春日明媚，腦海中恍然憶起多年前他們初遇的那一幕，梧桐樹才發新芽，在樹上偷懶的男子不慎摔落下來，砸到了她身上。稚氣的少女，氣呼呼地打他，「你道你是金鳳麼？還上梧桐樹上睡！給我道歉。」意氣少年也不甘示弱，哼哼道：「我本是金鳳，落在你這凡鳥身上，你當偷樂才是……不准哭！」

往事猶在，只是一眨眼過往已如過了千重山的風帆，打滿補丁，斑駁難堪。可是任由歲月滄桑，想起當年趣事，若水心情一轉，還是好了不少，「聽聞今日南陽有集市，你可想去看看？」

蕭默年莫不可見地皺了皺眉，道：「集市擁堵……」

聽他拒絕，若水又是冷冷地一笑，「我偏要去瞧瞧這擁堵，看看誰敢擋我要走的路。」

蕭默年靜靜看了她一眼，心道，這些年的肆意妄為倒讓她的脾氣變得越發古怪，當下便沉默下來不再開口。

南陽城東，集市上果真熱鬧非凡，若水頭戴黑紗，穿著一身煞氣極重的黑衣，前方百姓見著她雖不知她是什麼人，但都害怕地繞道躲開。果真沒人敢擋她的路，若水回頭望了蕭默年一眼，她倨傲地抬起下巴，彷似在向他顯擺。

蕭默年垂下頭，一聲默不可聞的輕嘆。

兩人走走停停，直到若水在一個玉石小攤前止了腳步，攤販瑟縮在一旁不敢開口招呼，若水也不在意，徑直拿起雕刻成雞模樣的玉石，她對蕭默年晃了晃，揶揄道：「落水鳳凰，本教主賜塊玉給你，如何？」

這句「落水鳳凰不如雞」的諷刺勾起了蕭默年的回憶，他不禁彎了彎脣角，眸色柔了下來。

見他如此表情，若水心頭軟軟地暖了起來，再多的怨懟和不滿此時都拋在腦後，對她來說，最重要的一直都是蕭默年罷了。她走上前一步，摸了摸蕭默年光滑的頭，聲音中有輕微的苦澀，更有濃濃的期待，「把頭髮留起來吧，我們一起回南疆。」

蕭默年垂著眼眸不看她，若水接著道：「一步錯、步步錯……我不想再過這樣的生活了，只要你與我回去，我……」

「魔頭納命來！」

沒讓若水說完這話，擺攤的小販突然拔出一柄大刀，翻過玉石攤劈頭便向若水砍來。時常生活在暗殺之中，若水的反應極為靈敏，她側身欲躲，可是突然發現若是她躲開，這一刀必定砍到蕭默年身上，如果是以前的蕭默年，若水根本就不用擔心，他永遠只有比她快的分，可如今這一副慈眉善目的蕭默年……

電光石火間，若水根本沒時間多想，當下猛地撲上前去緊緊抱住蕭默年，大刀鋒利地劃破若水的後背，從左肩到右腰，一道長長的傷口立時湧出溫熱的鮮血。

一刀罷，小販並未就此住手，提刀又砍。若水將蕭默年撲倒在地，就地一滾，狼狽地躲開了這一刀。她心頭一狠，掌心的蠱蟲鑽入地面，極快地爬向小販腳底。只聽那瘦小的男子一聲慘叫，忽然捂住心口，滿臉青筋暴突地倒在地上，沒一會兒便口吐白沫，渾身痙攣。但他手中仍舊緊緊握住刀，手指在地上歪歪扭扭地寫著「報應」二字。

這樣的暗殺不知經歷了多少次，若水早就習以為常了。而這次她卻著急的翻身而起，一雙腥紅而顫抖的手慌亂地摸過蕭默年的臉，「受傷了嗎？」

蕭默年的黑瞳中只映著她頭上戴著的黑紗，即便隔這麼近，他也看不清她的臉，但卻實實在在地感覺到這女子的驚恐。

蕭默年的手撫過若水的背，染了一手溼熱。

蕭默年愣神，她怎麼還敢問他的情況……她怎麼還敢來擔心他……

沒聽到他的回答，若水氣急敗壞的吼道：「回答我！」連用內力控制嗓音都忘了。

不知過了許久，蕭默年腦海中紛亂的聲音才終於被按捺下去，他扭過頭，目光落在自己同樣滿是鮮血的手上——是若水的血。他嗓音依舊冷靜，甚至還帶著幾分越發疏離的冷漠，「無妨。」

即便是在這樣的情況下，若水也敏銳地察覺到他情緒的轉變，她沒有多問，沉默地站起了身，沙啞道：「回去吧，這樣沒法逛集市了。」

百界歌

第33篇 鬼教（中）

若水身上雖是皮外傷，但仍舊耽誤了她回南疆的行程，這對於想要巴結巫教的人來說是個絕好的時機。可是沒人知道她喜歡什麼。有人見她時常將空念大師帶在身邊便猜測她喜好佛法，不日便送了一箱的佛經來，若水當著蕭默年的面冷笑著將這箱佛經付之一炬。

她回頭望蕭默年，只見他握著手中的佛珠，垂眸念經，熊熊的火光沒有沾染上他眼裡任何一分顏色。

若水怒極，連日來蕭默年對她的視而不見讓她再也忍無可忍，當下一把搶下他手中的佛珠，隨手擲入火光中，「成天在耳邊念叨得鬧心，今日起，你不許再念經了。」

蕭默年終於抬頭看向她，神色一片淡漠，「好。」

明明應了她的要求，若水卻越發地憤怒。她一手拉住蕭默年的腰帶，青天白日下徑直將他腰帶扯下。蕭默年眉頭一皺，若水嘲諷地一笑越發貼近他的身子，手指在他胸口輕撫而過，「你終於是有反應了……出家人？」

初時的僵硬一過，蕭默年又沉寂下來，眼神落在地面上，一副悉聽尊便的模樣。

怒與恨湧上心頭卻都敵不過那血液裡流竄的無奈，她一咬牙，徑直扒下蕭默年的外衣揮手扔進火堆裡。不再看蕭默年一眼，她拂袖離開，只留下一句冰冷的命令，「今日起，你也別再穿和尚的衣服了。」

那日之後，想要巴結巫教的人懂了，巫教魔頭不喜歡佛法經書，她喜歡的——是男色。

沒人知道巫教教主是男是女，但大家都下意識地將此人想像為一個男人，一個男人好男色本是件驚世駭俗的事，但放在這魔頭身上便算不得什麼大事，於是，有美貌少年被送到若水面前。

若水哪會不明白這些人的心思，只是她也不說破，外人便當猜中了她的心思，越來越多將男子送來。

春日正好，若水牽著新送來的一名少年一道在院子裡閒逛，蕭默年沉默地跟在兩人身後，仍舊沉默。

「喂。」若水在錦簇花下停住腳步，她喚了身邊的少年一聲，少年立即害怕地顫抖起來，僵硬地立在原地。若水晃似毫不知覺一般摸了摸他的腦袋，「你蹲下來一點。」

少年依言蹲下，若水又道：「再下來一點。」

蕭默年眼瞼不禁一動，抬眸望向若水，卻見她輕輕攬起遮面的黑紗，露出光潔的下巴，而後將唇輕輕貼在少年的額頭上。

未經世事的少年又是駭然又是羞赧，一張臉漲得通紅。

蕭默年眼神定住，忘了挪開。黑紗落下前，他彷似看見若水唇邊似曾相識的溫柔淺笑，他想，這一吻，是她情之所至，並不是為了氣他……

手掌收緊，緊握成拳。

若水靜靜地看了面前的少年一會兒，覺得他的模樣與記憶中的蕭默年重合了一般，她忍不住又摸了摸少年的臉頰，心情難得明媚了一分，但當她轉過頭，看見那個人只靜靜地望著路邊花草，神色淡漠，她陡然感到一陣心累。

他果真已誠心向佛，萬念皆空了嗎？

「教主。」左護法突然閃身出現，他恭敬地跪下行禮，道：「前些日子在集市傳播童謠的人捉住了，是個道士。」

若水放開了少年，淡淡地應了一聲，心中卻奇怪，若是往日，捉到這樣的人直接砍了便是，何以要來問她。但當她拐過小道，看見被綁住的道士時，神色一愣，半是苦澀半是嘲諷地笑了出來。

而今人人皆道她喜好男色，連巫教中人也留了一分心麼。這個道士相貌美極，眉宇間的神色與蕭默年更有幾分相似，若水走上前兩步，問道：「你叫什麼名字？」漂亮道士只淡淡地打量她，沒有回話。若水不在意道：「你可想留在我身邊？」

左護法一驚，心中暗誇自己眼尖，果真找到教主喜歡的品種。

蕭默年的臉色慢慢沉下來，他目光在若水身上一轉，繼而深沉地落在道士身上，眼中神色晦暗不明。

道士淡淡笑道：「我要走，妳便能放我走？」

若水點了點頭，「不能。」她沉著地吩咐：「把他帶去我房間。」等手下將道士帶遠，若水回頭望了蕭默年一眼，道：「今晚你不用到我房間裡來守著了。」

蕭默年靜靜地望了若水許久，最後只是垂眸答道：「好。」

若水的眼神便在那一瞬黯淡了下去。

是夜。

若水透過黑紗靜靜地打量坐在床榻上的美貌道士。她不發一言，道士也沒有開口。靜坐了半夜，若水問道：「你叫什麼名字？」

「木兆子。」

若水點了點頭，便沒再說話，她呆呆地望著道士，等著某個人怒極的破門而入，但是她等到的，只有懶懶的朝陽，刺痛眼眸地亮了起來。

若水揉了揉酸澀的眼眸，見道士同樣通紅的眼，終是忍不住笑出聲來，笑聲越發大了，近乎尖利，木兆子皺了眉頭，卻聽若水的聲音驀地靜了下來。她捂著臉，脫力般坐在四角凳上。

第四章

那晚之後，若水身邊形影不離的人從一個和尚變成了道士。她好像全然對蕭默年失去了興趣，更像是已將他忘記。

某日午後，若水在院子涼亭下歇息，恰逢看見蕭默年在池塘小橋邊餵魚。她頭一偏，懶懶地倚在木兆子的肩頭，木兆子微微一僵，若水笑著調侃，「你莫要緊張，我不會對你做什麼。」

木兆子掃了蕭默年一眼，一聲嘆息，「妳這又是何必。他已是萬念皆空之人，妳不如放自己一馬。」

若水笑道：「言下之意，你是讓我放過他。」木兆子沒有答話，若水卻將他的臉硬扳了過來，正色道：「你說罷，只要你讓我放過他，我立即便讓他走。」

彷似再也忍不下去了一般，手中的魚食盡數拋入池塘中，他站起身來，眸光陰冷地望著若水，那樣的表情與以前的蕭默年總算有了幾分相似。

而若水卻沒看見他似的，只定定地望著木兆子，好像只待他點頭，她就立即將蕭默年趕走。

木兆子來回看看兩人，心感尷尬，正無奈之際，蕭默年忽然邁步走過來。

「何必這樣糟踐自己。」他冷冷望著若水，道：「妳到底想要什麼？」

若水這才抬頭看了他一眼，語帶刺耳的嘲諷，「我想要什麼，你便能給什麼嗎？空念大師？」她頓了頓，又道：「可惜，我要的，你都給不起……」

話音未落，若水被蕭默年狠狠往前一拉，他一隻手臂大力地禁錮住若水的頭，另一隻手挑開她的面紗，狠狠地咬上了她的脣。

若水一驚，卻沒有掙扎，雙手摟住蕭默年的脖子，不甘示弱地回吻著他，彷似要將這些年的痛與恨盡數發洩出來一般。

木兆子面色一僵，更是尷尬起來，見兩人這個模樣，唯有悄悄地離開了涼亭。

初時的憤怒一過，蕭默年心道糟糕，想退，卻被若水緊緊拽住，血腥味在兩人脣齒間流傳，蕭默年皺了眉頭，如此近的距離，他能清晰地感覺到若水心底的絕望掙扎和卑微的期盼，長久的離別，折磨的何止是若水……

他緊蹙著眉頭，將這一吻由狂亂慢慢深入下去，心底的思念傾瀉而出沖毀了好不容易築起來的堤壩。

不知過了多久，兩人呼吸皆亂，若水才放開了蕭默年，她的脣在他臉上輕輕摩擦，溫熱的呼吸不分彼此地交纏，若水不再用內力控制自己的聲音，她在蕭默年耳邊低語：「我想要的，只是晨起能看見你的面容，日暮能攜手共你踏歸途。」她磨蹭著蕭默年的耳鬢，有溫熱的液體從眼眶中溢出，溼了兩人的臉頰。

猶記那年紅燭落淚，他挑開她紅蓋頭，淺笑低語：「以後的每一個朝陽日暮，我都會陪妳看盡。」

言猶在耳，若水埋頭在他的頸邊，聲色沙啞，「你曾給過我那樣的生活，只不過，你把它收回去了。」

蕭默年垂了眼眸，心脈緊緊縮成一團。他沉默了許久，低聲道：「若水，別再害人了，我們回南疆吧。」

「……好。」

百鬼歌

第34篇

鬼教（下）

第五章

蕭默年手筋腳筋被盡數挑斷，中原人將他吊在城門上，朦朧間，他只見若水一身黑衣浸血地自遠處踏來，她手中的長劍已被鮮血浸紅，看見了他若水彷似在笑，「蕭默年，天色晚了，我們回家。」

一把大刀自若水背後砍下，她脣邊的笑還沒來得及消散……

「若水！」

南疆月色如水，蕭默年猛地驚醒，一頭冷汗。夢中場景猶在，他捂住心口一陣撕裂的疼痛。窗外黑影一閃而過，蕭默年低喝，「誰！」

「空念大師。」一個女子聲音在黑夜中響起，「我名喚阿灼，是武林盟主上官其華的人。」蕭默年靜靜打量著角落的黑影，阿灼也不在意他的態度，只是笑道：「大師被那魔頭禁錮於此，心中定是痛恨非常，阿灼有一法能助大師逃出此地。」

蕭默年仍舊沉默，耳尖的他聽見房頂上有輕微的響動，想來，定是若水派來監視他的人。

阿灼在地上放下一個青花小瓶道：「往生鴆，古陳國的毒藥，現今無人能解，此藥定能終結那魔頭的性命。」

蕭默年垂下眼眸，不知在思索些什麼。

「阿灼期待大師的好消息，告辭。」言罷，她的身影如來時一般，倏地消失。房頂上那人的氣息跟著也消失了。獨留蕭默年靜望那瓶往生鴆，神色沉凝。

翌日，蕭默年主動邀若水共進午膳，這是他與若水重逢後的第一次，若水也沒推託。進門後屏退左右，關上門，她取下黑紗，淺笑著望著蕭默年，「真難得。」

蕭默年也彎脣笑了笑，動手給若水斟了一杯酒，「不日便回南疆了，我們卻沒有在一起好好吃過飯。」

若水坐下來，接過蕭默年手中的酒杯，她笑望他，「你自己不喝一點？」蕭默年搖頭，「不用。」若水脣色有些蒼白，她將酒杯放下，臉上沒了笑容。

蕭默年心中苦澀，卻還問道：「不想飲酒？」

「哈！」若水忽然大笑出聲，手一抬，仰頭便將杯中酒飲盡，快得連蕭默年也愣住了，酒杯被若水狠狠擲在地上，碎裂的聲音蒼白了蕭默年的臉色。

「往生鳩，往生鳩……蕭默年你便如此厭惡我，恨不得親手殺了我？」

蕭默年面色如紙慘白，他顫抖著指尖想拽住若水，卻被她躲開，他失神呢喃：「妳知道，妳知道，妳知道為何還要喝下去……妳分明知道……」

若水目光清冷地望著蕭默年，「這杯酒飲盡，祭我前生歲月，祭你我姻緣。蕭默年，從今往後，你我恩斷義絕，再不往來。」

這是蕭默年想聽到的話，但卻不是以如此決絕的方式，他上前，想給若水把脈，但卻被一股蠻橫的內力推開。若水捂住心口，重新戴上黑紗，揚聲道：「來人，將這個和尚帶出去，趕出南疆，百年之內，不准再讓他踏入南疆一寸土地。」

她還是對他下不了殺手，但是終於能對自己狠下心腸。

第六章

元武八年二月。若水的身子自從中過往生鴆之後便弱了不少，儘管毒已經被神醫解了但卻落下病根，也是從那時開始，南疆巫教漸漸不敵中原武林，處處落下風。

若水早已看開生死，人也越發冷漠下來。

直到她聽說南陽被中原武林的人奪了回去，城中巫教教徒皆被挑斷手筋腳筋，懸掛在城門上。包括……蕭默年。他們已經殺紅了眼，血腥地報復巫教，殺光一切曾與巫教有過關係的人，好像這樣，曾經的仇恨和屈辱便能洗刷乾淨一般。

聽到這個消息的時候，若水倚坐在床頭，咳得撕心裂肺，末了，她只淡淡問道：「去南陽的路可有被中原的人截斷？」

左護法聽得心驚，「教主，南陽城外皆是武林人士，連那上官其華也在往那方趕……」

「路有沒有斷？」

「……沒有。」

若水笑了笑，「我去南陽，至於巫教……便散了吧。」

一柄劍，一匹馬，她隻身上路。

她從未在外人的面前顯露過身分，這一路走來，倒也安全，快馬加鞭，不日便趕到南陽城下，看見城門上的場景，若水微微紅了眼，數百名巫教教徒被吊在城門上，有的還在呻吟，有的氣息已無。

這些年來，若水從未覺得用盡一切方法達成目標有什麼過錯，但在此刻，她恍覺自己罪孽深重。

她眸光微轉，看見了蕭默年。

恩斷義絕，不過是怒極絕望之下的氣話罷了，她從來都不能對他真正不聞不問。

手中長劍一緊，她正欲上前，忽然有人喝道：「她是魔教教主！」這個聲音讓若水微感熟悉，轉眼一看，卻是木兆子，這些年她一直將他留在教中，滿以為此人無害，沒想到……

這一句大喝，立即喚來周圍人的瞪視，若水眉頭一皺，心知不能拖延，當下提氣縱身，直直向蕭默年而去。哪想腳卻被人用鐵鍊緊緊牽住。眾人一擁而上，將若水緊緊圍在其中。

長劍出鞘，一場廝殺立即染出了漫天血幕。

蕭默年迷迷糊糊地睜開眼，聲音在他嗡鳴不斷的耳邊傳不進去，他只見城下的四處散亂地擺著中原人的屍首，一個人影渾身是血的在拚殺。

「若水……」聲音在喉頭滾動，心口彷似被碾碎一般……她還是來了。蕭默年苦笑，仰望蒼天，他想盡一切辦法卻還是鬥不過天命，還是扭轉不了這樣的結果。

一柄長劍直直向城門這方飛來，徑直砍斷吊著蕭默年的繩子，風在他耳邊呼嘯而過，一個帶著血腥味的懷抱將他接住。

「走！」若水一聲大喝，吹口哨喚來馬，帶著蕭默年翻身上馬。

「妳我……已恩斷義絕。」他苦澀出聲：「為何還要來？」

第七章

若水臉上的血滴滴答答落在蕭默年臉上，此情此景，她竟然笑了出來，「哪有不吵架的夫妻。」身後追兵不斷，若水心知今日凶多吉少，最後的時刻，她只有一個問題問蕭默年，「當初，為何要出家？」

蕭默年苦笑，「我能夢見未來，我早已預見今日場景……我以為，是我害妳至此。」

若水恍然大悟，「原來如此，原來如此，你避世出家，痛下猛毒皆是為了讓我離開你。」她大笑起來，乾澀的眼笑出了淚，「你想護我，卻親手將我們推至如此境地！蕭默年，你真蠢！」

蕭默年嗓音喑啞，「妳也不聰明。」

一隻利箭倏地擦過若水的耳畔，她目光一凝，勒馬跑進一片茂密的叢林之中。她一狠心，將手腳皆不能動的蕭默年推下馬丟在森密的草叢中。

蕭默年抬頭望她，眩目的日光中只投下了若水的剪影，他甚至連她的臉都看不清楚。心神震顫中，他聽見若水溫暖的淺笑，「蕭默年，等天色晚了，我就來接你回家。」就好像這只是一次普通的離別，她還會來尋他，還會和他手牽手一起走在斜陽西下的小道上。一步一步直到家門所在的地方。

蕭默年想喚住她，但聲音卻哽在喉頭，怎麼也吐不出。

若水揮動手中馬鞭，喝馬而去。

兩月的休養，蕭默年竟又能站起來了。

那日一別，直到現在他也沒得到若水的消息。蕭默年被上山的獵人發現，受獵人的照顧，養好了身子。他告別恩人再回南陽，這才知道那日若水竟是被上官其華捉了去，他們帶著她回中原，約了個日子，邀天下人共賞除魔大會。

蕭默年算了算時日，發現也就三天時間了。

他不顧腿腳疼痛拚命一樣趕去中原，他知道現在他只是廢人一個，救不回若水，阻止不了大勢所趨，但是他必須去，沒有原因也必須去。

芬芳散盡的四月，蕭默年終於趕到若水生命最後的地方，但他終是來晚了，只來得及遙遙望了一眼高臺上的武林盟主將若水的頭拎起來，舉到最高處，宣揚著中原武林正義的勝利。

她的血應該還帶著溫熱，滴滴答答地落在地上，一如她以前曾落在過他臉上的淚水，未及觸碰便有令人窒息的疼痛……

身邊的武林人無人不歡呼大笑，只有他定定地望著若水，像是所有感官都消失了一般。

紅顏不復，髮妻不再，他拚卻一切，想盡辦法要去守護的人，此時闔上了眼，只餘一臉蒼白的安詳。蕭默年覺得若水肯定是累極了，所以才會有這樣的神情。

蕭默年仰望蒼天，眼眶被耀眼的目光刺得漲痛，他卻一滴淚也沒留，望著暮春越發灼人的太陽，他想，等夕陽西下，人群散去，他便去把若水找回來，然後背著她……

回家。

尾聲

深山之中鋪設著不規則的青石板階，白鬼一步一步往上走，每踏一步，她彷似能看見一個男子佝僂著背匍匐在前，鑿出了這千步梯。長階盡頭，一座孤寺獨立，白髮老頭正在打掃院中落葉，聽聞到伴隨著白鬼腳步的銀鈴聲，老者抬起頭來，靜靜望著她。

「施主，燒香？」

歲月如刀，在老和尚曾經俊逸的臉上刻下了數不清的皺紋，白鬼不語，慢慢走進寺院中，庭院裡高大的梧桐樹下兩座墳並排而立，一面刻上了「亡妻若水」的字樣，另一面還沒有刻字。梧桐枯葉落在墳頭上徒添兩分淒涼。

老和尚順著白鬼的目光看去，拉扯著乾澀的唇笑了笑，「一座是我妻子的墳，另一座是我自己的。」

白鬼轉頭看他，老和尚望著墓碑微微瞇起了眼，彷似想起了很美好的往事，「她想讓我日日陪著她，一起看日出日落，以前沒作到，還好有這幾十年能慢慢補償。」

白鬼輕聲問道：「補償到了？」

老和尚沉默了一會兒，苦笑起來，「逝者已逝，我作再多，不過也只為在黃泉路能求得她原諒多一點籌碼罷了。」

白鬼摸了摸袖中的筆，又問道：「你後悔麼？」

山中野雀飛上墳頭，嘰嘰喳喳叫得吵人，老和尚聽了一會兒，又繼續掃自己的地，「小姑娘，這一輩子這麼長，哪能有不後悔的事，老和尚悔了一輩子，遺憾了一輩子，因為我只是凡人，一個凡人哪會有完美的一生。」沙沙地掃地聲襯著他蒼老又沙啞的聲音，「如此因果皆是由自己推造而成，就算痛苦，我也該受著。」

白鬼靜靜地看了和尚一會兒，終是放開了袖中的筆，「你妻子肯定還在等你。」

老和尚笑了，「姑娘，燒香嗎？」

「不了，我不信佛。」

第35篇

鬼守（上）

第一章

高山之上風雪如沙，風聲呼嘯，淩厲地撕扯著她的耳膜，一如阿林時常作的那個夢。

夢中她舉步維艱地在雪地裡跋涉，背上有難忍的疼痛，嘴裡盡是濃重的血腥味。現實彷彿和舊夢重疊，她粗重的呼吸在空氣中化成一團團白霧，阿林覺得有點好笑。還是有些地方不大相同的，她想，在夢裡，她連心也是極致地荒蕪，而現在，至少她還帶著強烈的期望——搶奪戮刃刀。

只有搶到戮刃刀，師父才能打破華山派的陣法，將他心儀的女子帶回來。

師父……想到那個人，阿林心頭便微感刺痛，她十二歲的時候被師父撿回來，兩人一起走過八年歲月，終於，她的師父不再是她一人的師父了……

心間一酸，阿林吞了口寒風，重新振作精神，繼續往山上爬，把那些大逆不道的情愫盡數壓抑下去。

忽然之間，阿林腳下一痿驀地摔倒在雪地之中，鋪天蓋地的寒冷幾乎要刺入她的骨髓中。

她掙扎著起身，雪地卻猛地一顫。她大驚，「糟糕」二字還未出口便見山頂上一聲轟鳴，積雪滾落，如海浪一般像她撲來，阿林雙腳陷在深雪中，要跑已來不及，她唯有眼睜睜地看著鋪天蓋地的慘白將她掩埋。

世界一片黑暗。

風雪又在耳邊呼嘯，「劈啪」一聲刺耳的鞭響彷彿撕裂她的耳膜，隨之而來的是背上徹骨的疼痛，直至麻木。

「起來！」有人在她耳邊喝斥，粗魯至極。

她渾身冰冷，腿腳麻木，艱難抬頭向上望，看見一個官兵模樣的人拿著鞭子在她眼前揮舞，他張著嘴不知哇哇吼些什麼。

他的背後，是一對中年男女，穿著囚服，正在哭著阻止，官兵的鞭子一下又一下抽在她身上，她想躲，可卻一動也不能動。

這樣的感覺……約莫是快死了吧。

阿林心底突然翻湧出莫名的恐懼，真實得讓她顫抖。

「住手。」

一道清潤的聲音劃過，不響，卻蓋過了所有的嘈雜。她戰慄著轉過眼，在天邊逆光的投射中看見了一個單薄的剪影。官兵在說些什麼她不知道，只聽見那個剪影張口，帶著不容反駁的沉穩：

「她的命，我能救。」

阿林幾乎在這一瞬要落下淚來，你是誰，為何救我，為何聲音如此熟悉……

「阿林，蒼術山上，結香花開處能尋到戮刃刀，妳能幫我求回來麼？」師父的面容驀地竄入腦海。阿林霎時清醒，那是師父……沒錯，能讓她感到如此熟悉的只會是師父！

戮刃刀，她還沒取回戮刃刀……

她猛地睜開眼，天光大亮，刺痛她的眼，而胸膛撕裂的疼痛提醒她，方才一切不過是她昏迷之後的一時迷夢。

「妳醒了？」

沒想到旁邊還有人，阿林大驚，顧不上胸口疼痛，立即蹲起身來，按住劍柄，戒備地盯著坐在陰影中的男子。這裡彷似是個山洞，男子的聲音空洞地迴響了一會兒才慢慢消失。

「呵，別緊張。」他聲音溫潤沉著，不徐不疾中帶著幾分安撫的意味。他慢慢移動，到洞外陽光能照射到的地方。

阿林瞇起眼，靜靜打量眼前這個身著藍衣的男子。他長相清俊，一副書生模樣，只是這人竟坐在木輪椅上，是個廢人……多年的江湖生涯讓阿林不輕信任何看似無害的人，她仍舊保持著防備，聲音沙啞而緊繃，「你是誰？這是哪兒？」

男子笑著盯了她許久，「在下容與，這是我家。」

阿林掃了一眼四周，一畝地大兩丈高的空間，灰色的崖壁上有水珠滴滴答答地往洞中落，頭頂上只有一個三丈長的縫隙透進陽光來，正巧照這她這個地方，估計過不了多久，太陽方位變動，連這個地方也照不到陽光了。一個腿殘的人獨自活在這種地方？阿林一聲冷笑，「還真是家徒四壁。」

面對刺耳的諷刺，容與也不生氣，仍舊好脾氣地微笑。

阿林皺了皺眉，莫名地覺得他的笑容奇怪地熟悉，她揮散心頭奇怪的感覺，又問道：「為何我會在此？」

容與指了指頭頂上的透入陽光的縫隙，「雪崩，妳被雪推著滾了下來，摔暈了，睡了兩日。」

阿林面色一變，兩天……若再尋不到戮刃刀，師父怕是該著急了。當下她立即起身攀上了一邊的岩壁，容與一愣，推著輪椅跟過來一段距離，喚道：「妳肺中帶寒，筋骨勞損，最好歇息幾日。」

阿林不理他，容與沉默了一會兒又道：「妳若要走，我也不阻攔，只是上面的結香花開了，尋常人嗅了會頭暈發熱，不日便生出紅疙瘩來，妳注意些。」

向上攀爬的腳步一頓，阿林反身一躍，徑直跳到容與面前，目光灼灼地盯住他問：「你方才說結香花？」

容與點頭，「便在洞穴上方。」

「那你可知戮刃刀在哪兒？」

「嗯，約莫記得。」他頓了一會兒，彷似真的在認真思考，見阿林要把他望穿一般，容與忍住笑，為難道：「許久之前的事了，我已記不清了……」

阿林直接拔劍出鞘，劍刃映著白光比在容與脖子上，寒涼得嚇人，她的面容卻比劍刃更冷，「可要讓我助你回憶回憶？」

就像沒感覺到脖子上的殺意一般，容與竟然笑了出來，「半點玩笑也開不了啊！

戮刃刀在此，妳要，便拿與戮刃刀同樣重要的東西來與我換。」

阿林皺了眉，有些不敢置信道：「你是護刀人？」

「沒錯。」

阿林犯了難，她猶記得走之前師父再三交代過，若遇見「護刀人」一定要聽其吩咐，若那人不願借刀，萬萬不可強奪，不可有半分冒犯。她不明白，為何師父要如此敬重一個瘸子。阿林細細探查容與的氣息，想摸清楚他的武功底子，這才驚駭地發現，她根本探不到他的氣息，想來這人的功夫已經化臻境。

她立即撤回劍，被自己的舉動嚇出了一身冷汗，心道有如此內息的人，方才若是想要她的命，只怕她早已死了。

她後退兩步，抱拳道：「在下冒犯，小女名喚阿林，受家師所託，來求借戮刃刀一用。還望……」她一時找不到合適的稱呼，便隨便在腦海裡抓了一個，「還望大人成全。」

容與笑了，「大人擔不上，我比妳大不了多少。我說了，借刀可以，用東西來換。」

「什麼東西？」

「嗯，比如說……妳。」

第二章

「你要我做什麼？」阿林冷聲問。

「妳模樣不錯，看起來挺好玩的樣子。」他笑得儒雅，就像是在說今天天很藍一樣，光從語氣來看半分不讓人覺得猥瑣。

阿林嘴角抽了抽，隨即毫不猶豫地點頭道：「好，我留下，不過你得給我時間讓我把刀給我師父送去，在那以後，我定會回來，任由你處置。」

容與卻盯著她的面容，奇怪地沉默了許久，「戮刃刀我幫妳送去吧。」話音剛落，他吹了聲口哨，哨音響亮，在洞穴中迴響了許久，忽然，一聲尖銳的長嘯在洞外呼應，洞中莫名起了一絲涼風，風聲漸大，伴隨著又一聲長嘯，阿林看見一隻大雕從洞外直直飛了進來，牠落在地上竟有半人高。

容與笑道：「我自小養的雕，放歸野外後不知為何竟長得比同類大隻了些，牠雖然不大聰明，不過送信這活倒還不在話下。」

阿林默然。

「來，我帶妳去取刀。」言罷他自己推著輪椅慢慢往洞穴的黑暗中而去。阿林猶豫了一番終究一咬牙，跟了上去。

洞穴之中離開了陽光的照射，沒走多久便伸手不見五指，黑暗並不可怕，但讓阿林驚訝的是她竟沒聽見輪椅的聲音，四周一片死寂，就像這裡只有她一人一樣。

難怪師父如此叮囑不要與護刀人頂撞，以他的造詣，殺了她只怕是比捻死螞蟻還簡單。

阿林頓住腳步，沒了方向。

「怎麼了？」右前方傳來容與溫和的詢問。阿林沒有答話，循著聲音的方向而去。「抱歉。」容與頓了頓，無奈地笑道：「一個人生活太久，不知道怎麼照顧人。妳往右邊來。」

容與不時說兩句話讓阿林找到方向，沒走一會兒阿林便摸到冰涼的牆壁。容與道：「我不方便起身，妳摸索一下，地上那把刀就是。」

天下至快的刀，居然被這人當廢物一樣扔在牆角……阿林摸到刀柄，抖了抖上面的土，感到一陣無力。

走回有陽光的地方，容與道：「將刀綁在阿雕的腳上，告訴牠妳師父在哪兒，牠自會幫妳送去。」

阿林感到不可思議，「牠聽得懂人話？」

大雕不滿阿林的歧視，氣憤地搧了搧翅膀，吹亂了阿林一頭黑髮。容與笑瞇了眼，「牠很聰明。」

阿林仍舊握著戮刃刀不肯放手，容與也不急，好脾氣地望著她。阿林緊蹙眉頭問道：「我如何能信你，若是這刀未曾送到我師父手上……」

「妳師父身上可有何信物？讓阿雕將妳師父身上的信物帶回來便可。」容與想了一會兒又道：「妳將衣裳撕下來一塊。」

阿林握著刀的手一緊，戒備的氣息又在周身拉開。

「別緊張。」容與笑道：「不過是借妳的衣物做書信一封。」阿林聽罷，放下警戒，毫不猶豫地用戮刃刀割下一塊裙襬來遞給容與。容與擺了擺手，「妳師父有何信物妳自然清楚，妳自己寫罷，有告別的話也一併寫了。」

阿林想想也是，左右看看沒找見筆，索性一口咬破了手指寫了「血書」一封，容與看得有些不忍，但想了想仍舊讓阿林添了幾個字。

「火摺子、蠟燭、食物和足夠多的衣裳……」阿林嘴角抽了抽，「你讓我師父用這些東西來交換戮刃刀？」她覺得這個男子其實腦子是不大好使的。

容與點了點頭，「嗯，還有妳。」

阿林沉默。

容與笑得一臉燦爛，「這些東西都是給妳用的，如此，咱們就算契約成立了，妳師父什麼時候還回戮刃刀，我便什麼時候將妳還回去。」

阿林沉了眼眸，眼底的落寞被眼睫擋住。

容與笑著轉開了眼，目送大雕帶著刀與信飛出洞穴。此時陽光只能斜斜照射到洞穴的一塊石壁上了，外面只是下午時分，這裡卻馬上要迎來黑夜。

容與一聲嘆息，「嗯，那我們商量商量，在妳師父送來火摺子之前，寒涼的夜晚要怎麼度過吧？」

阿林冷冷道：「你以前怎麼過，現在便怎麼過。」

「小姑娘，別拿自己來和我比。」

第36篇

鬼守（中）

第三章

冷……令人窒息地冷。

她蜷縮起身子，但仍舊遏制不住地顫抖，遠處有粗魯的喝罵和零星的哭聲，被呼嘯的寒風卷著，纏繞上她的肌膚，讓她感到無比地絕望與壓抑。

「莫怕。」

彷似在無盡的黑暗中有雙溫暖的手探了進來，攬住她的肩膀，將她帶進一個溫熱的懷抱，手掌輕輕撫摸著她的頭頂，男子溫潤而沉穩的聲音有著安撫一切不安的力量，「莫怕，會結束的，這樣的日子很快就會結束了。」

阿林覺得自己溼潤了眼眶，有個細弱的女聲輕輕回答著，像是她又不像是她，「不會的。娘說我們是罪人，會被送到最遠的北方去勞作，這一輩子，都不會有自由的那一天，我們逃不開這些官兵……」

男子只是沉默。

「大哥哥，你人這麼好，犯了什麼罪呢？他們為什麼要捉你，卻還讓你單獨關在一個囚車裡？」

男子又沉默了很久，才輕笑道：「因為……我人太好了。」

她似乎睡意深重，倚在男子溫暖的懷裡，眼皮慢慢打起了架，「大哥哥人好……給我饅頭和水吃，救了我……讓我可以不用在雪地裡趕路，只是爹娘……爹娘……」

爹娘？

腦海中陡然陷入黑暗之中，不知過了多久，黏膩而溫熱的感覺猛地爬滿周身，她睜開眼，看見煉獄般的世界，慘白的雪和觸目驚心的腥紅透過眼瞳直直闖入內心最深處，鉗住了她的命脈。

到處都是屍體，官兵的、犯人的，一隻手臂從她肩膀上滑落，阿林目光落下，看見身旁的中年男子和他身邊的婦女，驚恐在她眼眸深處蔓延，然後遏制不住地溢出。

爹娘……

她嚇得忘了出聲，在漫天飛舞的白雪中，她看見一群黑衣人畢恭畢敬地將囚車中關著的那人接了出來。

「大哥哥。」她傻傻地出聲，坐在一堆屍體當中，滿目空洞。

黑衣人的目光皆被這聲音吸引過來，有人再次拔出了刀，「還有活口。」

「別……」被接出囚車的男子擺了擺手，「罷了，她就罷了。」

「可是主子……」

「走吧。」

男子被一個黑衣人攙扶著離開，其餘黑衣人也跟著陸陸續續走了，只留下拔出刀的那人還站在那裡，他盯著阿林彷似在猶豫。

阿林卻只盯著再也看不見男子背影的那方傻傻喚著：「大哥哥。」

黑衣人走到阿林跟前，黑巾蒙面，只留了一對眼睛在外面，「今日之事，不可洩漏。」阿林不聽他的，只是呆呆地盯著那方喚：「大哥哥。」好像那人還能聽見一樣，還會回來摸摸她的腦袋一樣。

黑衣人沉了面容，他掏出一個青花瓷瓶，拔開瓶塞，一把抓住阿林的下巴。

阿林一驚，這才轉了目光望向他，對上黑衣人陰鷙的眼神，阿林眼中的驚惶無措終於慢慢洩漏了出來，她拚命地掙扎，想掰開鉗住她的手，但是她將自己的臉都抓破了也未曾動搖黑衣人半分，那人將青花瓷瓶中的東西盡數倒入她的喉嚨，捏住她的嘴，強行讓她嚥下去。

「這些事，妳不該記得。」

妳不該記得……

她渾身一顫，猛地驚醒，頭頂的月光照入洞穴中灑下一片銀輝。阿林坐起身來，抹了一把額頭的冷汗，指尖還在為著夢中的驚惶而顫抖。

如此真實的夢……

阿林抱住膝蓋，靠著石壁將自己緊緊蜷縮成一團，鮮血她已見慣，屍體也不再害怕，讓她恐懼的，是那個黑衣人的聲音與眼睛，她怎麼會認不出，那是師父，是她愛慕著的師父。

縮緊手臂，阿林埋頭在膝蓋間，一聲頹然嘆息，怎麼……會作這樣的夢？

「作惡夢麼？」溫潤的聲音在耳邊響起，阿林一驚，這才想起她如今處境，還有一人陪她一同待在這黑暗的洞穴裡，每天只能在限定的時間段裡看見日光與月光。

寂寞相伴。

師父到底什麼時候能將戮刃刀還回來呢……到那個時候，師父應該和師娘好好地在一起了吧，還能記得她麼？阿林有些忍不住煩躁地抓了抓頭髮，又聽那個男子輕輕道：「這裡只有妳我二人。」

阿林抬頭看他，皺眉不解，雪山洞穴之中，只有他二人……所以呢？

男子推著輪椅挪到了月光能照射的地方，他仰望著月光，好一會兒後才轉過眼來看著阿林，彷似看穿了她的心事一般，「所以，妳大可將煩心的事說出來，會好受許多。」

這樣的理論讓阿林覺得有種莫名的熟悉，彷彿曾經有人在她耳邊說過同樣的話。她失神了一陣，又搖頭道：「沒什麼事。」

容與看了她許久，又一言不發地仰頭望月光，只是寒夜中靜靜流出的「嘴硬」兩字微微刺痛阿林的神經。

她是殺手，不允許軟弱，不允許抱怨，在有記憶的生涯中，不管是被施以多痛苦的刑罰，她也只能「嘴硬」地保守祕密。從沒有人用「嘴硬」這兩個字來嫌棄她，帶著憐惜的嫌棄。

即便是師父也不曾有過。

阿林望了容與好一會兒，鬼使神差般問道：「為什麼一個人在這裡？」

「這裡埋葬著我至親的人，我在這裡守墓，也在這裡等人。」

「等誰？」

容與彷彿想起了很好笑的事，脣角微微勾了起來，「等一個倔強的小姑娘，笑若豔陽，淚如圓月，很可愛的丫頭……眨眼間我已等了八年。」

原來這樣的怪人也有在乎的人，阿林淡淡道：「八年時光，小姑娘約莫早就成婚嫁人了，你在此枯等，不如出去尋一尋。」

「尋過了。」這三個字一出，便再沒了後文，阿林只道勾起了他什麼傷心往事，便也不再詢問，兀自望著眼前的石子發呆。空氣沉默了沒一會兒容與又問：「妳師父……是個怎樣的人？」

阿林眸色不經意地柔了下來，「嚴厲但很溫柔，對我很好。」

容與眸光微動，「妳可是喜歡妳師父？」

毫無準備地被人道破心中最深的防備，阿林面色一白，目光幽冷地望向容與，恨不得要將他殺掉滅口一般。

容與彎了脣角，點了點頭，「妳喜歡妳師父。」

阿林慘白了臉，心知自己打不過這個男子，她靠著牆壁蜷緊了身體，沙啞開口：

「是又如何。」

容與垂著頭好半天沒有說話，在阿林以為他不會再問了的時候，容與又道：「為何會喜歡他呢？明明知道是長輩。而且……若我猜得沒錯，妳幫妳師父借這戮刃刀，只怕是讓他去救人罷。他既心中有人，妳又何苦……」

「我若做得了主……」阿林忍不住打斷了他的話，無奈苦笑，「我若做得了主，便好了。」她有些頹然地將頭埋在膝蓋上，許是月光太涼，凍碎了心頭的戒備，她輕聲道：「我小時受傷，忘記了十二歲之前的事，是師父將我養大。許是曾經的生活太不好，初時我對師父又敬又畏，但這八年的時間裡，每次受傷，每次生病，師父皆陪在我左右，即便是病得神智模糊我也知道有人在身邊看著我，護著我……」

阿林一聲沙啞的自嘲，「我竟在這樣的守護裡，生了骯髒的心思。骯髒得令自己都唾棄。」

她埋著頭，陷在自己的情緒，錯過容與霎時恍惚起來的神色。

空氣寒涼，在阿林一人的呼吸聲中容與靜靜道：「妳既已病得模糊，怎能篤定守著妳的便是妳師父？」

「不然還有誰？」阿林冷笑，抬頭，「你麼？」

出人意料地，容與竟直直望著她的眼睛道：「若就是我呢？」

阿林一愣，一時竟分不清這話是真是假。

對峙了半晌，容與終是撤開了眼神，長長的睫毛搭下，顯得他的神情有些頹敗，他彎著脣角笑了笑，「騙妳的，傻姑娘。」

阿林作殺手多年，人世情暖她已見過許多，但這一刻卻找不到任何語言形容這個男子的笑容，幾分絕望、幾分無奈、幾分灑脫，或許還帶著些許不甘心的意味，讓她看得有些呆了去。

洞穴外的月光在容與身上流轉而過，容與道：「那時我約莫正陪在心愛的女子身邊呢。」

月光隨著容與話音一落，徹底轉到了一邊的牆壁上，石壁將月光微微一彈，阿林竟有一瞬間看見容與的身體變得透明起來！就像快要消逝的煙霧，縹緲而虛幻。

阿林心驚，「你……」容與一轉頭，光華在他身上一轉，那樣的虛無感霎時消失。快得就像阿林出現了幻覺。

容與收斂情緒，睩笑道：「我卻不知自己竟是如此俊美，令阿林都看出神去。」

阿林忙收回了眼神，輕咳兩聲，閉眼睡覺。

聽她呼吸漸漸均勻，知她已睡著，容與臉上的笑這才慢慢散去。他舉頭靜望明月光，伸出了手，涼風一颳，他透過自己的手掌看見了洞穴外的滿天繁星。

離魂飛魄散還有多久呢……容與苦笑，細聲呢喃：「上天不仁啊，八年換八天，實在太虧。」他目光靜靜落在阿林沉靜的面容上，不過，命定如此，他也只好認了，最後的時光，能得她相伴，已是大幸。

第37篇

鬼守（下）

第五章

阿林又作夢了，只是這次她清楚地知道自己只是在作夢。她如同一個旁觀者，飄離在世界之外，靜靜看著他人戲子一般演繹著各式人生。最清楚的莫過於一個男人的故事。他是丞相之子，也是反抗朝廷的一個教廷組織的門主，犯事之後，被皇帝打斷了雙腿，流放邊疆。北上的路上他被單獨關押在囚車之中，官兵們畏他，對他多有關照。北上之路坎坷，他心軟地救下了一名險些被官兵打死的女孩，與她同乘一車，相談甚歡。後來，他的屬下救他，為了消息不外漏，將犯人與官兵們全殺了……

只除了那個小女孩。他是心軟抑或其他，阿林不知道，但在那人走後，他的一名屬下留了下來，給小女孩餵藥。自此，小女孩忘了從前，並拜了這個下屬為師父。練了一身武功，幫他去殺人。

而那名男子卻解散了組織，獨自一人在一處幽暗洞穴中隱居，依賴著一隻大雕為他銜來食物過活，後來……他死了，安安靜靜地離開了人世。只是故事還未結束。

他死了卻沒有引魂的鬼差來將他帶走，男子成了一抹孤魂，在天地間漂泊，終有一日，他再見到了當初那名女孩。

許是一時興起，許是懷念起了從前，他在女孩身邊停駐下來。日出與她道早安，日落與她同歸家，女孩生病受傷時他便時時相伴身旁，片刻不離地看照。

只是沒人看得見他。天地之間便只有他的自說自話，所有的關懷、溫柔和守護被生死輕輕一隔，在女孩永遠無法觸碰的地方，獨自一人。

後來……後來的事，阿林全都知曉了，師父要去救他心上人，需要戮刃刀，她便來尋，雪崩，她被推到了洞穴之中，同時也是那人的葬身之地。

眼睜開，已是正午，陽光刺目，阿林瞇著眼適應了一會兒，才將世界看清楚了。

「醒了？」容與的聲音在耳邊響起，阿林轉頭一看，卻見他的身影透明得像煙霧。阿林伸出手去摸他的臉，手卻徑直穿過他的臉，抓住一片虛無。

「鬼魂。」阿林失神地呢喃，她捂住臉，不看容與訝異的神色，「居然是真的……居然是真的。」

阿林有些失神，「都是夢罷，這些都是夢吧！」她抱著頭思緒混亂，她喜歡的師父是殺了她父母的那群人裡的一個，師父還給她餵藥，讓她忘了從前的事，甚至，她都看不明白，自己這麼多年來到底是在迷戀師父，還是在迷戀那個幻影。在她生病受傷的時候陪著她的，給她依賴，讓她迷戀的竟是這麼一隻鬼魂？

「阿林……」

「為什麼？」阿林打斷容與的話，「事到如今，為什麼要突然出現，為什麼要讓我夢到這些事！既然已經錯了，為什麼不讓我一直錯下去？」

有時真相比謊言更令人無望的痛苦。

「結香花又名夢樹，約莫是它讓妳夢見的。」容與無奈地彎脣苦笑，「這雖並非我本意，但是妳知曉了便知曉了。其實我挺害怕日後誰也不知道這世間還有一個人想對妳好。」他聲音輕柔，宛如在耳邊輕撫的風，「當初只是一時興起，在妳身邊停了下來，帶著打趣的心裡笑看命運弄人。可是日復一日，年復一年，見妳如此倔強地活著，我卻再也笑不出來。人鬼相隔，偏偏生了不該生的情愫，最開始只是想守著妳、陪著妳，後來想與妳說話，想同妳牽手，只是我都沒法作到……」

「我不想知道。」阿林站起身來，想要離開這處石洞。

容與沒有生氣也沒有阻攔，只是靜靜看著她，溫和地笑了，「對不住。當初迫於形勢害了妳父母，而今又讓妳傷心失望了。」

阿林心頭一顫，忍不住側過頭，這一看卻讓她心頭大驚，只見容與的周身漸漸起了點點螢光，如同螢火蟲繞在他周身飛舞一般，襯得他笑容模糊。

「本來還想再多陪陪妳、多看看妳的。奈何這幾日凝神聚魂已耗光我魂魄之力。」容與輕笑，「不過，能得這幾日相伴，已值了。」

魂飛魄散，不入輪迴，沒有轉世。

阿林彷似意識到了什麼，下意識地想去拉他，可是手還沒碰到他，容與便如天邊的煙花，散作流光，空餘一地哀涼。寒涼的空氣中彷似還迴蕩著他最後一句話的聲音，「阿林，我很自私，不想讓妳忘了我……」

他可是穿過了生死才能換得與她相見的機會，只為了讓她記住他最後的模樣。

阿林空茫地望著虛空，只餘滿目愣然。

第六章

華山之巔，風在耳邊簌簌颳過。

阿林忍不住想起那男子最後的微笑，明明與他只見了那麼幾天，但卻偏偏覺得他好似已成她骨髓裡最深刻的記憶，再也泯滅不了。

腳步聲在身後響起，阿林聽見了，她回過頭，看見師父攬著他最喜歡的那個人疲憊而滿足地走了出來，而他手裡拿著的正是那把戮刃刀。師父終是成功破了華山陣法，將那人救了出來，若是曾經的她此時應該笑了出來吧？但現在她不知自己是該哭還是該笑。

仇人，恩師，她沒法再給他的一個定義。

阿林垂下眼眸，拔出手中長劍，三尺寒劍殺氣凜然，沒打一聲招呼，她身如閃電，宛如利箭一般射了出去，劍尖直取她一直敬仰著的師父的咽喉。

女子的驚呼在耳邊劃過，「阿林！」師父大驚，忙側身躲開，但連續多日的破陣已讓他筋疲力盡，這一劍躲得狼狽，阿林不給他任何說話的機會，她自己也不解釋，毫不防守，就像拚了命只為殺他一般。

幾招下來，師父的疲態畢現。

阿林生生將他逼到崖壁一方，手中長劍刺向他的右眼，眼瞅著便要一劍穿腦，女子的驚聲呼喚穿進耳朵，「阿林！他是妳師父！妳瘋了嗎！」

劍尖一偏，擦破男子的耳朵，「叮」的一聲沒入岩壁之中，至少三寸有餘。

一番激烈的攻擊，阿林與她師父皆氣喘吁吁，阿林輕笑，「師父。」她埋頭默了許久，「你我有血海深仇，但我不會傻得用仇恨來拖累我的下半生，有人也不希望我這麼做。」

男子微微一愣，沉了眼眸，「誰與妳說的？」

「已經不重要了。」阿林道：「師父，今日你不再是我師父，也不再是我仇人，我幫你借的刀，你還給我吧。」

男子微微遲疑一瞬，將戮刃刀遞給阿林。阿林接過刀，沒道再見，連眼神也未曾與他有交流，就像徹底拋棄了過去，獨自走下山去。

山下小道上，白衣女子負手靜立。見阿林提了戮刃刀下了山來，她緩慢地從衣袖中掏出一支毛筆。

阿林行至她跟前，腳步一頓，點頭微笑，「多謝白鬼姑娘了。」

白鬼的筆尖在阿林額前停了一停，「如此，妳當真不悔？與他的殘魂一道被我收走，這可是再不入輪迴之路。」

「容與……也入不了輪迴吧？」阿林輕聲道：「他孤獨地陪了我那麼久，我該陪陪他，也想陪陪他，既然生不能，死總可以了罷。」

白鬼搖了搖頭，「痴女。」她的筆尖在阿林眉心一點，又在戮刃刀上輕輕一碰，「你們的鬼，我收走了。」

生不能相伴，死亦要相隨。

白鬼摸了摸筆桿，「還有最後一隻鬼。」

馬上就快了……

第38篇

鬼妖（上）

第一章

城郊驛站，琴杳斜斜倚在驛站二樓窗邊，耳邊除了知了不休不停的叫聲，還混雜著神官的絮叨，「國師，祭天禮就快到了，您若還不回宮，怕是得耽誤了祭日……」

琴杳扭頭看著驛站樓下來來往往的人，心不在焉地應了聲：「知道了。」她眼神一轉，不經意間，在陽光穿透眉睫的午後，她看見了一名男子，容貌俊俏，身形高大。只是他站在一隊囚犯之中，身著囚服，沒穿鞋的腳上銬著沉重的腳鏈。

耀武揚威的官兵揮著鞭子在一旁喝罵：「一群蠢東西，走開點、走開點，到那路邊歇著去，不要礙著幾個爺喝茶！」

「這是在幹什麼？」琴杳指了指樓下的人，問神官。神官往外瞅了一眼，答道：「那好似是楚王府的人。」楚王三月前謀反，被鎮壓下來，皇帝下令抄家，府中奴僕盡數流放。

琴杳點點頭，沉默了下來。

下面的犯人慢慢往驛站對面的路邊走去，官兵莫名地發了大火，一邊拿鞭子亂抽人，一邊喝罵道：「讓你們快點！一群賤種！」一位上了年紀的犯人摔在地上，哎呦著起不來，官兵更是大怒，走了過去，對著那老人便是一頓踢，「老傢伙裝什麼死！起來！」

琴杳挑了挑眉，正在這時，那名身材高大的男子忽然走到老人身邊，側過身子，沉默地替老人挨了幾腳，然後將老人扶了起來。官兵嘴裡喝罵不停，拿著鞭子開始往男子身上抽，「誰讓你來扶！」

男子自始至終不發一言，官兵似打得怒氣更重，生生將男子拉過來，一鞭子對著他的臉便揮了過去。

一直沒有反抗的男子忽然空手拽住了揮來的皮鞭，冷冷盯著他，眸中的肅殺之氣駭得那官兵一陣寒顫。

然而害怕之後是變本加厲的憤怒，「你……你反了啊！」他將鞭子從男子手中抽出，狠狠一鞭抽在他的身上，接著抬腳猛地踹上男子的腹部，一腳兩腳，直至男子摔倒在地上，他仍不停地抽打著他，「你個賤種！竟敢反抗！你還敢反抗！」

受男子幫助的老人哭喊：「大人別打了，大人別打了！」

琴杳看著樓下的鬧劇，抿了口茶，淡淡吐出句話來，「你怎麼看？」

神官一呆，「不過是幾個囚犯而已。」

琴杳放下茶杯，扶著窗框，語氣仍舊淡淡的，「可我看上這個男人了。」話音未落，她頂著神官還在愣然中的眼神，徑直翻身躍出窗戶，衣袂翻飛之間輕輕落在打人的官兵身邊。

下方的人都被這突然落下的寬衣大袍女子嚇了一跳，還未緩過神來，便見那女子手間捻了花式，對著官兵的臉輕輕一撫，那五大三粗的漢子便像小孩手中的皮球一般被打出去老遠，直將驛站的馬廄撞出一個大洞，睡在一堆乾草和馬糞中，暈死過去。

琴杳笑道：「打人不好。」

神官在樓上抽了嘴角，驛站之下的人也是愣然。

琴杳轉過身，看了看坐在地上也呆愣地望著她的男子，她蹲了下去，也不管一地塵土是否會髒了她一身繁雜的衣袍。

「跟我回去吧。」她對男子伸出了手，「作我的男寵。」輕巧得就像是在說：你今天吃了嗎？

第二章

男子呆愣地看著琴杳臉上的微笑，還沒來得及答話，另外幾個驛站中的官兵衝了出來，拿著大刀直直地對著琴杳，「大膽刁民！竟敢劫囚！」

被人打斷了對話，琴杳不滿地站起身來，眼神落在那幾人身上，「我劫了，你們待要如何？」

幾名官兵面面相覷，看了看暈在馬廄裡面的同伴，一時竟沒人敢接下一句。

二樓的神官見狀，急急忙忙地跑了下來，他一身大晉王朝的神官禮服，讓在場之人皆驚了驚，一下樓他便喝斥幾名官兵道：「大膽！得見國師尊容竟不俯首行禮！」

國師，王朝的通神者。

聽得神官這聲喝，幾名官兵腿腳一軟，立即匍匐在地，周圍的民眾也呼啦啦地跪了一圈。

琴杳皺了眉頭，她不喜歡這樣的叩拜，讓她覺得自己像一塊碑，只用來讓人祭奠。她重新對坐在地上的男子伸出了手，「隨我離開這裡，可好？」

男子仍是呆呆地望著她，如同看痴了一般。他沉默著，然後轉了目光落在自己的腳上。赤裸的雙腳扣著堅硬而沉重的鐵鍊，腳踝處已被磨破了皮。

他是囚犯，沒有選擇的資格。

琴杳順著他的目光，看見了他的腳鏈，男子一雙大腳往後縮了縮，彷似有些難堪與尷尬。琴杳為他這細微的動作心頭微微一癢，她手一轉，從衣袖中抖出一柄短劍，徑直往地上一甩，只聽「叮」的一聲，手腕粗的鐵鍊登時斷做兩截。

迎著男子驚愕的目光，琴杳輕輕一笑，「跟我回去吧。」

盛夏的陽光閃耀得刺眼，男子垂下頭，微不可見地點了點頭。琴杳欣喜而笑，彎腰，拉起了男子沾滿塵與血的右手。將他從地上扶了起來。

跪在一旁的官兵抖了許久，終是拚死一般擠出句話來，「稟國師……這、這幾名是要犯，要流放邊疆的……」

琴杳離開的腳步頓了一頓，只淡淡回頭望了那人一眼，道：「適才我掐指一算，這幾人不應流放。你把他們的腳鏈都打開。我順應天神指引來救了這幾人，你們對我，或是對天神，可有什麼意見？」

官兵們汗如雨下。

琴杳不再理睬他們，帶著沉默寡言的男子徑直轉身走人。神官忙緊跟她的腳步而去。待走得遠了，神官才靠近琴杳身邊小聲道：「國師，假借神明之意實在不妥啊！若是陛下知道了……」

「神明確實是這樣和我說的。」琴杳面不改色地打斷國師的話，「陛下會相信天神的話。」

她這話誠然是在唬人，誰都心知肚明，但她身邊的男子卻靜靜地看了一眼琴杳握著他右手的手，他在這一瞬，有些相信了神明的存在。

琴杳腳步猛地一頓，抬頭望向男子，一雙透澈的眼眸彷似能望進他心裡，「忘了問，你叫什麼名字？」

男子沉默了一會兒，「十五。」

「啊，你會說話啊……不過，十五？」

男子垂下了眼眸，「我……小人……」他似乎不知該如何自稱，頓了一會兒，他道：「楚王爺養的第十五個死士，所以叫十五。」

琴杳愣了一瞬，死士在大晉王朝來說是個連奴才都不如的存在，自幼經過非人的訓練，用命去完成任務，像個物品。琴杏這一愣讓男子感到有些不自在，他縮了縮手，想往後退。

琴杏沒放手，她踮起腳尖摸了摸男子的腦袋，「不要緊，回去我給你翻書取名。」

柔軟的手掌在頭上一遍一遍地撫摸，一如盛夏在耳邊吹過的風，帶著灼心的熱。

第三章

十五的上半身幾乎都被繃帶包裹著，他倚床坐著，靜靜垂眸，聽見門扉輕開的聲音，他一抬眼看見琴杳端著熱粥走了進來。他下意識要起身跪下，可還沒掀開被子便被琴杳喚住：

「你是我的男寵哦。」琴杳坐到他床邊，「是用來讓我寵的，不用行禮。」

十五呆愣，他只會作一個死士，不會作男寵。

琴杳用勺子舀了熱粥送到十五嘴邊，十五半晌沒有動靜，琴杳笑了笑，「張嘴。」他下意識地張了嘴，一勺熱粥餵進嘴裡，軟糯的粥滑入食道，霎時溫暖了四肢百骸。

琴杳耐心地一勺一勺餵他喝粥，沒有多餘的話。十五也靜靜地嚥著熱粥，近乎大逆不道地將琴杳的臉看痴了去。大逆不道，他是這樣想自己的。

窗外的陽光和流動的時間像一把刻刀，將此時琴杳的臉深深刻入他的腦海，靜謐至極的溫暖。

一碗粥見底，琴杳將碗放在一邊，從懷裡掏了一本書出來，她身子一轉，與十五一同倚床坐著，「我們來取名吧，你想要剽悍一點的還是儒雅一點的？」

十五的人生裡沒有作過選擇，從來只有主人的命令和他的執行，乍聽琴杳這一問，他又愣了許久，直到連他自己都察覺到自己今日的表現實在過於笨拙，這樣笨拙的他，遲早有一天會被嫌棄的吧……

他帶著些許小心翼翼，轉頭看了琴杳一眼，見她仍舊笑咪咪地將他看著，十五手心一緊，有些緊張地回答：「全……全憑國師吩咐。」

「可是我不知道你喜歡什麼。」

「只要國師喜歡便好……」

琴杳突然沉默下來，直勾勾地將十五盯著。

十五的手緊了又鬆，鬆了又緊，他能察覺到琴杳一直停留在自己臉上的目光，但他不敢看她，只得垂頭看著自己那雙粗糙的手，眼中有些頹然，他這副脾性約莫是不討人喜歡的吧，她……或許已感到不耐煩了吧……

可是到底該怎麼做呢？如何能討得她歡心，如何讓她笑得開懷，從來沒人告訴過他服從命令以外的生活方式。

「你不用緊張。」一隻手忽然摸上了他的腦袋，「已經不會有人打你了。」

她……又觸碰他了。如此卑微而低賤的他……十五垂下眼眸，心頭的情緒宛如浪湧。

「國師。」屋外傳來敲門聲：「陛下有旨，請您入宮。」

頭上的手放下，琴杳下了床榻，理了理衣袍，她神情有些冷淡地應了一聲：「知道了。」十五微微抬頭看了她一眼，始知琴杳是不喜歡入宮的。出門之前，琴杳忽然轉身對十五道：「初霽，你覺得這名字怎麼樣？雨後初霽，陰霾已去，一切都宛如新生。雖然，這名字有點像女子……」

十五呆呆望了琴杳一會兒，忽然在床上跪了起來，俯身拜道：「謝國師賜名……」

「不用行禮，先說說你喜不喜歡？」

何止喜歡。十五垂眸，「十分喜歡，謝國……」

「我喜歡你喚我的名字。」琴杳留下這話，推門出去，「待會兒回來，我想聽你喚我名字。」

百界歌

第39篇

鬼妖（中）

第四章

琴杳直至深夜才從皇宮中歸來。

她推門進屋，見屋中點著燈，神智有些游離，直到聽見裡屋床榻之上有人的呼吸聲，她才恍然記起，她撿了個男子回來。

走進裡屋，坐在床榻上的男子掀了被子要下來行禮，但彷似陡然想起了她之前的吩咐，初霽頓住身形，一時有些無措地在床邊站著。

琴杳看了他一會兒，忽然笑道：「我又不吃了你。」

初霽垂頭想，其實她若是要吃了他，也不是不可以……

「你會彈琴麼？」琴杳突然問。

「會。」楚王的死士不能是目不識丁的莽夫，音律樂器也是要有所涉獵，學會的東西越多越能幫主子作更多的事，活下去的可能也更大。

琴杳本只是問著玩，沒想到他竟真會彈琴，一時也起了興趣，她從書案之下搬出一把桐木琴，擺在桌上，「你彈一曲給我聽聽可好？」

初霽果然坐了下去，琴杳搬來凳子坐在書案對面，抱著腦袋目光靜靜落在初霽身上。第一聲弦動，初霽微微一頓，有些訝異地望著手下的七弦琴，這琴看起來如此樸素，但聲色卻幾乎讓人驚豔。

琴杳問：「怎麼了？為什麼不彈了？」

初霽回過神來，「國師恕罪。」

「叫我琴杳。」

初霽默了默，彷似做了極大的心理準備，「琴……杳。」有的事一旦開了頭，最難的難關便跨過了，他情不自禁地又呢喃了一聲：「琴杳。」彷似在失神地回味。

琴杳淺淺一笑，「你把我的名字叫得很好聽。」她眼中映著跳動的燭光像一隻精靈，讓他不由自主看呆了去。

這樣的女子……

初霽垂下頭，挑動琴弦。

這樣的女子，美好得讓他不敢去肖想，一點點雜念，對她來說也是玷汙。

琴杳趴在書案上，靜靜打量男子的面容。弦聲曲調在耳邊流淌，在樂曲的背後，從琴弦中傳出來的感情波動宛如春風拂動她的心湖，透過弦聲，她能清清楚楚地看見這個男子的內心，帶著世人少有的堅強與倔強，讓她也不由失了神。

「初霽。」一曲彈罷，琴杳忽然開口，「你真漂亮。」

這對男子來說，應該算不得讚美，但初霽愣是在這一聲算不得讚美的稱讚中紅了臉頰，「謝國……」他嚥下後面的話，隔了半晌才道：「琴杳更漂亮。」

他如此笨，連讚美人也不會，初霽嫌棄極了自己。不想卻聽到「噗嗤」一聲，是琴杳在他對面笑了起來，「那你喜歡我嗎？」面對這出乎意料的問話，初霽徹底呆住，臉漲得通紅，許久也沒憋出一句話來。琴杳站起身來，隔著書案，探手過來摸了摸他的頭，「我很喜歡你。」

初霽便仰頭望她，痴痴地迷失了自己。

這一夜琴杳與初霽睡在同一張床上，只是蓋著被子靜靜地睡覺，琴杳說男寵便應該這樣，她說他抱起來很暖和。

初霽便又一次迷失了自己。

或許，這世上真的有神明也說不定，或許琴杳真的是神明也說不定，不然……為什麼連他這樣的人也能被拯救呢……

第五章

祭天禮將近，國師府日益忙碌起來，琴杳也總是入宮，看不見身影。但每天不管多晚琴杳總會回來與他睡在同一個被窩裡。

「初霽，你讓我很有安全感。」

其實，明明是她給予了他安全感，讓他頭一次知道，人，其實是可以這樣有尊嚴地活下去。

離祭天禮還有十日，禮部送來十名童男童女，這是祭祀那天要獻給神明的祭品，他們在國師府接受洗禮，十日淨身之後方可送上天壇。初霽靜靜看著國師府中的神官日日給這十個小孩身上灑上「聖水」，他知道，這所謂的聖水不過就是在其中加了迷香，讓小孩整日神智恍惚，無法哭鬧。

祭天禮越近，琴杳每夜便越是睡不著覺。

這夜琴杳更是一宿未閉眼，她靜靜抱著初霽的手臂，在凌晨時分突然啞著嗓音問道：「你怕我嗎？」

初霽立即答道：「不怕。」

琴杳抱著他的手臂更加用力了一些，「嗯，只有你不怕我。」夜重新寂靜下來，在他都以為琴杳睡著之時又聽她道：「可是，有時我都害怕我自己。」

初霽愣了愣，這才知道，原來，這女子在心底也有所惶恐，對她自己也有那麼多的不滿。他不懂如何安慰人，也說不來漂亮話，呆了半晌，只有學著她的模樣，側過身子，摸了摸她的腦袋。

「琴杳……很好。」

睡在他身邊的女子僵硬了一瞬，然後蹭起身來，在黑暗中看了他一會兒。然後親了親他的額頭，「你對我很好。真的好。」

她脣上的溫度有些涼，卻在他臉上點了火一般灼燒起來。胸中的心彷似要跳出來一般膨脹著。直到琴杳又躺了回去，他心中情緒也久久無法平息。

糟糕……

他想，心頭那個骯髒的念頭，竟不知在什麼時候開始破土而出，瘋狂地占據了他的內心，再也割捨不掉了。

離祭天禮還有七日，城東有一個燈會，琴杳這日早早便回了國師府，她難得來了興致，瞞著府中神官，帶著初霽悄悄溜了出去。

「琴杳，沒有護衛怕是不妥。」他擔憂她出事。

琴杳笑了笑，「你不就是我的護衛麼？」見她這樣開心，初霽說不出拒絕的話，他覺得琴杳活得並不如他想像中那麼開心，而她的人生，明明應該更加燦爛。

燈會之上各式花燈亮得耀眼，琴杳與他手牽手，像一對普通的情侶一般在人群中走過，猜燈謎，放花燈，初霽覺得他此生從沒有哪一刻有現在這般安穩舒坦。只是看著走在自己前面半步的身影，便能幸福得揚起嘴角。

「砰！」絢爛的煙花在空中綻開。

琴杳揚起頭，望著煙花感嘆：「真美。」

初霽便看著她的側臉，點頭贊同，「嗯，真美。」

琴杳扭頭看他，四目相接，像是黏住了一般，誰也沒有主動挪開眼，直看得初霽紅了耳根，琴杳一聲輕笑，雙手環住了他的脖子，微涼的脣便印上了他灼熱的脣瓣。

初霽傻傻地呆住，任由琴杳的舌頭在他脣邊不徐不疾地畫著圈，溼軟的觸感令他情不自禁地張開嘴……想更深入地品嘗她的味道……

而此時琴杳卻出人意料地退了開去，初霽手一緊，忍住將她摁回來的衝動，只聽琴杳道：「初霽，你比我見過的任何人都要好，都要溫柔、善良。」

頭一次有人用「溫柔善良」四字來形容他，死士只聽從主子的命令做事，不允許溫柔，也無法善良，他只是一個任人擺布的物什。

琴杳在他臉頰邊蹭了蹭，微微退開一步，初霽還沒來得及反應，忽見她身後寒光一閃，竟是一把大刀衝她劈頭砍來：

「禍國妖女納命來！」

初霽瞳孔緊縮，直覺伸手去拽她。可琴杳身形一轉，讓他的手驀地落空。

他一抬頭，卻見琴杳隻手捏住那柄大刀，虎口卡住刀刃，那鋒利大刀竟未能傷她皮毛分毫。

第六章

初霽愣住，恍見琴杳眸中血色紅光一閃而過，她手一緊，那柄厚背大刀竟如紙一般被她生生揉碎，拍開刀刃，她腳步一動，徑直上前擒住來襲者的喉嚨，高大粗壯的男子立即面色青紫，腿腳一軟，跪在地上，琴杳冷聲問：「誰派你來的？」

言語中的殺氣是初霽從未聽過的淩厲。

「妖女……人人得而必誅……」言罷，那人腦袋一偏，嘴角流出一抹黑血淌過琴杳雪白的手背，留下觸目驚心的痕跡。

那人，竟是吞毒自盡了。

見死了人，周圍的人登時慌亂得四散而走。

琴杳鬆了手，手背上黏膩溫熱的血液順著她細白的指尖滴落到地上。琴杳愣愣地將地上的屍體望了一會兒，身子忽然開始顫抖起來，她想從衣袖中摸出繡帕，可是掏了許久也摸不出來。

初霽恍然回神，跨步上前，用自己的衣袖替琴杳將手上的血擦了乾淨，直到他衣袖盡汙。琴杳身子顫抖得越發厲害，她拽住了初霽的衣裳，面色有些蒼白。心頭陡然一痛，初霽一咬牙，將手放在琴杳的背後，將她抱在懷裡，拍了拍，「別怕，琴杳，別怕。」

官府的人沒一會兒便過了來，看見是琴杳，誰也沒敢多說半句言語，默默地將屍首抬走，又將她送回了國師府。

琴杳用了兩個時辰沐浴，然而手上的血腥像是怎麼也沒辦法洗乾淨一般，那黏膩的觸感一直纏繞心頭，像蛛絲，將她越纏越緊。回到房間，初霽立即站起身來，他盯著她，眼中藏著不敢言說的擔憂。

琴杳笑了笑，「初霽給我彈首曲子吧。」

琴聲悠揚，弦聲之中暗藏著他卑微得不敢言說的情緒。琴杳聽在耳朵裡，臉上在笑，手卻緊握成拳，近乎蒼白透明。一曲彈罷，初霽的柔柔目光落在她身上，不想卻忽聽琴杳輕聲道：「初霽，你離開國師府吧。」

指尖一動，琴弦震顫，發出讓人心尖一緊的刺痛聲。他沉默許久，啞著聲問：「我……哪裡作得不夠好麼？」

琴杳臉上仍舊掛著笑，但是嗓音已冷，「你護不了我，國師府不需要無用之人。」初霽垂下眼眸，面對這樣的指責，無法反駁，「你走吧，今晚便走。」言罷，她獨自走回床上，裹著被子躺下。

聽著初霽的腳步聲離開，聽見門扉拉開的嘶聲低響，琴杳藏在被窩中的手幾乎將自己的掌心挖出血來。

一夜未眠，翌日清晨，琴杳形容狼狽地推開門，卻見門外跪著一個高大的男子，一晚涼風夜露將他頭髮與衣裳潤溼，見琴杳開門，他神色一驚，眼眸深處暗藏的不安與惶然一閃而過，他深深叩首，匍匐於地，他把自己擺在與塵埃一同卑微的地方，啞聲道：「初霽無用，但求國師……」他聲音一頓，彷似不知該如何接下去。

死士的教育告訴他，對主子不能有所請求，他所作的只能是服從，無論任何命令。但這一次，他沒辦法說服自己，就此離去。哪怕是絕望，也想待在她身邊，哪怕每天只能遙不可及地看她一眼，便夠了。

琴杳呆呆地盯了初霽許久，然後扭過頭，毫無感情地從他身邊走過，「滾出國師府，別讓我再多說一次。」

「琴杳……」初霽失聲，「我什麼都能作……別不要我。」他聲音漸低，因為知道他沒什麼籌碼能讓他這麼說。

琴杳果然頭也不回地離去。初霽眼中光芒一黯，呆呆地跪在原地，除了這樣，他再想不出別的辦法，能去求她，別丟開他，別拋棄他。如此卑微。

第40篇

鬼妖（下）

第七章

琴杳在宮中的時候聽見神官來報，說初霽還跪在她門前。琴杳默了一會兒，忽然對重重紗簾之內的皇帝道：「陛下，琴杳有一事所求。」

紗簾之中的中年男子咳了兩聲，嘶啞道：「國師所求，朕一概應允。」

「琴杳想求男寵一名，能奏琴曲，容貌精緻，為人聰敏。」

「咳咳！哈哈，好，這樣的人，國師要多少，我大晉朝有多少！」皇帝揮揮手，讓大太監下去找人。琴杳垂眸在袖中瓷瓶中倒出一枚丹藥，放於金碗之中，讓神官奉給皇帝，她冷聲道：「如此，多謝陛下。」

「寡人之命乃國師所救，如此小事，國師何必言謝。」

琴杳回到國師府時，知道初霽還跪在她的房門前。她招手，喚來從皇帝那裡討來的男寵，她半個身子都倚在男寵懷裡，輕聲道：「你扶我進去。」

這人著實比初霽聰明許多，他知道怎麼討人歡心，手一攬，輕輕摟住琴杳的腰，

形容親暱地進了國師府，一路行至內院，在院門外琴杳便看見初霽耷拉著腦袋跪在地上的身影。她手心一緊，抓疼了男寵的手

「國師，輕點可好？」男寵嘴脣中吹出溫熱的風。琴杳只淡淡道：「你乖乖隨我進屋便好。」

目不斜視地與男寵相擁著跨入房門，跪在那處的初霽便如同空氣一般，沒引來琴杳任何的注目。倒是那男寵頗為奇怪地看了他一眼。眼中暗含的嘲諷令初霽不由握緊了拳頭，隨即又無奈地鬆開。

他……有什麼資格去嫉妒呢？

房內安靜了一會兒，隨即傳來幽幽琴聲，那人彈得比他要好太多。

夜色漸深，屋內琴聲一靜，燭火熄滅，初霽幾乎能想得出來他們相擁而眠的場景。

他如今是半點用處也沒了吧？這男子，比他好太多，他實在沒有留下來的理由。他想，對於琴杳來說，或許任何人都可以替代他，但於他而言，卻沒人能替代琴杳。

可是，能有什麼辦法呢……他已經被丟下了。

初霽眸中神色全然消褪，他閉上眼，額頭輕觸地面，對著門拜了拜，然後站起身

來，踉蹌而去。

琴杳斬斷他腳上枷鎖給了他自由，但是又生生地將他的自由剝奪了。想來也是，神明怎麼會拯救他這樣的人呢……

聽著門外的腳步聲漸漸消失，琴杳坐在書案對面，沉默不言。男寵笑道：「國師突然吹熄了燈火，可是因為小人彈得不夠好聽？」在黑暗之中，琴杳精準地找到對方仍舊放在琴案上的手，然後將他推了下去。

「沒錯，不好聽，弦聲中全是虛假的討好與沉重的貪念，你彈的樂曲，遠遠不及他的萬一，不堪入耳。」

這一番話說得男子臉色青白。琴杳冷冷道：「你走吧，我不需要你。」

第八章

祭天禮當天，琴杳穿著繁複寬大的白色禮袍登上天壇長長的階梯。

真是諷刺，明明骯髒至極的祭祀卻要用這樣潔白的顏色。十名童男童女已被藥暈，擺在天壇地上，他們同樣身著雪白的衣衫，等待著上天的召喚。琴杳淨了手，從神官的手中接過匕首。她要用這把匕首刺入孩子們的胸膛，將他們的心生生掏出，祭祀給上天。

刀刃直指蒼穹，神官們奏起祭祀之樂，琴杳面無表情，揮手刺下……

電光石火之間，一枝長箭不知從何處射來，一箭直直插入她的手腕，匕首落地，琴杳手腕上的血如泉湧，她眉頭皺了皺，徑直將透骨長箭拔了出來，愣愣地望著站在天壇右側的太子，他竟能……傷了她！

有兵器竟能傷了這具不死不滅的身體……

琴杳不知心頭是喜是憂，心緒翻覆之間，她強自定下神來。

皇帝久病床榻，囑太子來監督祭天禮，他定沒想到，他兒子也存了謀反之心。刺殺國師的人竟是太子，天壇之上的神官們盡數呆住，天壇下的禁衛軍們立時拔劍出鞘，通通圍上天壇將在場神官盡數扣押住。太子拔劍出鞘，劍尖直指琴杳，「禍國殃民的妖女，迷惑我父王，危害我社稷！今日我便要替天行道，除了妳這禍害！」

琴杳看了看躺在地上的十個孩子，滴血的手腕轉了方向，不讓自己的血髒了他們那一身潔白。

「好啊！」琴杳想，左右她也厭煩這樣的生活和這樣的自己了，她徑直向太子走去，如此坦然的模樣倒是駭得在場之人不敢動作。琴杳站定在天壇中間，張開雙臂，聲色清冷中帶著一絲不易察覺的解脫，「請太子賜琴杳一死。」

初秋微涼的風拂過天壇，帶起琴杳的寬大衣袍，像一片風箏，只待人斬斷牽縛住她的那根線，她便能隨風而去。

太子冷冷一笑，「好，我便成妳此願。」

他拾起上弓箭，再次引弓直指琴杳。琴杳閉上眼，生死之間、解脫之前，她恍然想起了盛夏那天看見的那雙清澈的眼，初霽、初霽，但願他此後的人生當真能如雨後初霽，再無陰霾。

箭嘯聲破空而來，忽然之間，琴杳只覺身子一偏，她被一個熟悉的氣息擁在懷裡，那人帶著她在地上滾了幾圈，一枝利箭堪堪擦過琴杳的耳廓，死死釘在地上。

琴杳睜開眼，不敢置信地望著初霽。

他停在她身子的上方，腦袋恰好擋住了頭頂的日光，為她擋出一片安全的陰影，「你……是怎麼來的！」

初霽默了一會兒，小聲答道：「我只想來看妳作完祭天禮便走，我說是妳的……男寵，他們便讓我站在天壇之下觀禮。」

琴杳愕然。感覺到初霽的手掌輕輕摸了摸她的腦袋，「琴杳別怕，我保護妳……然後我就離開。」

他怎麼這麼笨？明明，她已經拚命地讓他逃開了，「我不用你護。」琴杳強自壓抑著聲色，冷冷道：「琴杳便是琴妖，我是妖怪，害人性命，該死。」

初霽的手仍舊放在她的頭頂，「琴杳不喜歡害人性命。」

琴杳冷笑，「你又怎麼知道。我當初救你，不過是為了吃你的心。」

「嗯。」

「我每日與你躺在一起是為了吸你陽氣。」

「嗯。」

琴杳聲色有些壓抑不住的波動，「你聽懂了嗎？我是妖怪！你要命的話就給我滾得遠遠的！別再讓我看見你！」

初霽默了一會兒，又摸了摸琴杳的腦袋，「我不怕妖怪，也不怕妳害我，我就怕妳趕我走，但妳已經趕我走了……我便無所畏懼了。」他說著，忽然喉頭一動，溫熱的血液從他嘴邊滑落，滴滴點點落在琴杳蒼白的臉上。

初霽用手笨拙地替她抹去臉上的血，但卻抹花了她一張臉，初霽無奈，「對不起。」琴杳呆愣了半晌，顫抖著指尖撫上了初霽寬厚的背，那處濡溼一片，有一枝冰涼的箭直直插在他的後背中。

原來，方才太子射的竟是雙箭，一枝落在琴杳耳邊，一枝落在初霽背上。琴杳開始抑制不住地顫抖，她慌張地想坐起身來，想看看初霽的傷勢，但卻被他緊緊護在身下。此時蠻橫的妖力皆不知跑去哪裡，琴杳徹底慌了神，「初霽、初霽，你起來，你讓我看看你。」

「妳要好好的。」

「我好好的，你讓我先看看你！」

「琴杳，我總是……沒用。」初霽身上的力氣漸漸流走，他撐不住身子，唯有輕輕倒在琴杳懷中，「但我知道，琴杳一定能活下去。妳那麼漂亮又溫柔，妳應該……妳值得過上更好的生活，見更明媚的陽光、更燦爛的花朵，像自由的風……活得精采。」

那是他此生所嚮往的，但是在遇見琴杳之後，他嚮往的只有她。

「趁現在！誅殺妖女！」太子一聲令下，禁衛軍將琴杳圍成一圈，鋒利的槍直指琴杳。

感覺懷中人的氣息越來越弱，琴杳雙手緊緊將他抱住。

她一生，為了活著而活，滿手血腥，骯髒得令她自己都嫌棄。但卻有個男子說她溫柔，把她當神一樣供奉，心甘情願地為她身死，只是為了他們初遇時，那興起的一齣胡鬧。

她從來沒有救過初霽，是他救了她。

「你總是這樣對我好。」逼人的殺氣從四面八方而來，琴杳只抱著初霽靜靜道：「你一直對我這麼好，我又怎捨得讓你失望，怎捨得再傷你一次。」

天壇之上，大風忽起，整個京城的人皆聽到一陣琴弦的錚錚之聲，待天壇上的人都回過神來時，中間相擁的那一妖一人已不見了蹤影。

尾聲

「倉木妖琴，食人心，腹餓而化魔。不死不滅，刀槍不入。」白衣女子低聲輕念，她從衣袖中掏出一枝筆，「妳的鬼，我收走了。」

筆尖在琴杳眉心輕輕一點，一點金光黏在白鬼筆尖，被她收入袖中。

琴杳臉色有些蒼白，「白鬼姑娘，多謝。」

白鬼默了一會兒，「其實，若待到化魔之後，我也是可以收走妳內丹的。」

「也不差這幾天。」琴杳笑道：「初霽離開後這一年，我看過了足夠明媚的陽光，賞夠了足夠燦爛的花朵，這一生，從未如此自由過。我已經很滿足了。」她摸了摸肚子，「若再多待幾天，我神智全無，化了魔，又傷人性命總歸是不好的。我想乾乾淨淨地下去見初霽。」

白鬼將筆收回袖中，聲音在風中飄散，「奈何橋邊，三生石旁，他定捨不得丟下妳先走。」

琴杳淺淺一笑，回頭看了看陌上夏花中的墳頭。

她知道——

初霽從來不會扔下她先走，她以後，也不會丟下他了。

第41篇

白鬼

楔子

一片火海，烈焰之中男子溫柔的聲音彷似還在耳邊迴響：

「好好活下去。」

她驚醒，夜空之中繁星閃爍，哪有什麼灼人的烈焰，只是心頭那窒息的感覺猶在，讓她不由得蹙了眉頭。還是這個夢，可是她已經漸漸記不清那人的模樣了，歲月無聲，卻敵過刀光劍影，殺人無形。

白鬼坐起身來靜靜仰望空中銀河，百年、千年，到底獨自走過了多少歲月，她自己也記不得了，幸好，在她將所有都遺忘之前，這一百個執念終於收完了。

白鬼走入瘴氣瀰漫的山林間，枯木荒草遮住了上山的小徑，許久未曾來過，她尋了好一會兒方向才找到上山的路。

羅浮山不高，沒一會兒便登上山頂。

山上除了她再無二人，因為早在很多年前，羅浮山便已是一座寸草不生的荒山了。可白鬼記得，在更早之前，山林間有小溪穿流而過，青草悠悠遍野，樹木常青不敗，她閉上眼，似乎還能聞到那時殘留下的淡淡花香。

可睜眼，記憶裡那些場景早不復存在，被一場大火徹底焚毀。

白鬼仰頭一望，陰霾的天空下是已經枯死的巨大榕樹，樹根錯雜，靜靜地盤踞在那方，樹幹筆挺，枯枝向四周延展開，擺出蒼涼的姿態。能想像得出，在榕樹還活著的時候，這裡會有怎樣的陰涼。

白鬼走上一根巨大的根系，行至粗壯的樹幹旁邊，她摸著樹幹，垂了眼眸，神色難辨。

多年夙願，今日終於可以了結，她不知自己是該作什麼表情。

靜靜地站了一會兒，她從袖中掏出那枝收了一百個執念的筆，用它輕輕在樹幹上寫了一個「活」字。霎時，這不見痕跡的一字驀地散出一縷柔和的光，白鬼筆從中間裂出一道痕跡，一聲脆響之後，白鬼手中的筆化為齏粉，隨著山風一吹，飄飄揚揚，不見了蹤影，而「活」字慢慢隱入樹幹之中，彷似為這死掉的榕樹注入了春天的生機一般，枯枝之上慢慢生出嫩芽，生機滲入大地。

像是被一場雨水洗刷過一般，山中濃厚的瘴氣褪去，青草與花朵破土而出，一整座羅浮山宛如新生。

仰頭望著枝繁葉茂的榕樹，白鬼腦海中那久遠的、被時間封鎖的記憶，像是衝破了重重枷鎖一般，清晰地呈現在面前，許多年前，她與容兮便在這裡相遇。

彼時，她一身是血、滿臉肅殺；他白衣翩翩、笑容輕淺。

「來，我護著妳。」

一眼便烙入了心裡，刻進了骨髓，再也抹不去。

第一章

正值春日，林間落英繽紛，滿月的銀輝混著落花零落在土地裡，在空氣裡孕育出一抹暗香。

「嗒」的一聲，一隻未穿鞋的腳在土地上踩下一個帶血的腳印，粗莽地踏破這一方寧靜，急促的腳步飛快地奔遠。

「分頭找！她跑不掉！」

樹林之外，領頭的黑衣人一聲高喝，他身後的人跟著便行動起來。

他的話音被林間的涼風吹上山坡，驚擾了山上的老榕樹，榕樹葉子被風吹得沙沙作響，一根粗壯的枝幹上正有一名白衣人垂腳坐著，他手中拿著書，正借著白月光靜靜地讀著，但聞被風帶來的這聲呼喝，像是萬年不變的氣息忽然被驚擾一般，他轉了眼眸，看見在林間四散尋人的黑衣人。他們身上濃厚的妖氣讓男子微微皺起眉頭。

在黑衣人的前方，茂密的灌木叢中，渾身是血的少女一刻不停地向著他所在的這處山頭奔逃而來。

寂靜的夜，柔和的風聲帶來少女粗重的喘息，男子耳廓微動，敏銳地分辨出少女如鼓的心跳不是因為驚慌失措，而是因為奔逃疲憊。

被這麼多妖怪追殺，卻不害怕的小姑娘。男子放下書，支著腦袋饒有興趣地打量林間那名十三、四歲的少女。

荊棘與樹葉擋不住他的目光，他靜靜盯著少女的眼睛，看見她那雙映著月光的漆黑眼眸裡，沉著超越年齡的冷靜和穩重。

但饒是少女再如何冷靜，她現在顯然已是強弩之末，一步一個血腳印顯示她傷得不輕，也為追殺的人提供了線索。

忽然，她背後一枝利箭射來，少女有所察覺，偏頭躲過，但動作太大，她腳下一滑，狠狠摔倒在地，地上粗礪的石塊擦破她臉頰，讓本就染上血汙的臉更加狼狽。

有黑衣人高喝，「她在這裡！」

少女咬牙，支起身子，奮力地繼續往山上跑。

山頂清氣盎然，她知道，到了那處，對這些妖怪會有極大的遏制。

背後數不清的箭呼嘯而來，她避無可避，唯有一心向前，然而出人意料的是，卻沒有一枝箭射中少女。

那些箭彷似都在空中被什麼力量擋了一下似的，窸窸窣窣地落在少女背後或身旁。

她安然爬上山頭，仰頭一望，只見銀白月光穿過搖曳的榕樹葉，如星星一般傾灑而下，落在榕樹隆起的巨大樹根上。而在榕樹一側，白衣男子扶著樹幹站著，他衣袂微揚，笑容輕淺。

「過來。」他衝她招了招手。

在絕境中尚且冷靜的少女此時竟看得有些呆了。她沒動，男子也不急，向她這方行了兩步，伸出修長的手遞到她面前，「來，我護著妳。」

少女愣愣地看了他許久，像被蠱惑了心神一般，慢慢抬起了手，欲將自己交到這陌生人手中，可手上的血汙提醒著她現在的處境。少女手一縮，側身往後一躲，「你是何人？」

小小年紀，語氣中便有了肅殺之氣。面對質疑，男子只是笑，「我叫容兮。」

「我不認識你。」少女半點不客氣地回絕了他。

容兮也不生氣，張了張嘴，還沒開口，便聽下方有腳步聲踏來，是那些黑衣人跟上來了。

少女面容沉了下來，心知要憑自己的力量逃跑已是不能。她心中略一思量，盯著容兮問：「你為何要幫我？」

「因為……」話開了個頭，數枝利箭直射少女後背而來，容兮瞇眼一笑，那些利箭便如被無形力量握住了一般，停在了空中，「妳長得好看啊！」

就因為……這個？

黑衣人奔上山頭，但見他們射來的箭皆在兩人身邊浮著，一時皆有些發愣。

「何人敢擾我族中事？」為首的黑衣人厲聲喝道。

容兮卻並不理他，伸出的手還放在少女面前。

少女一咬牙，終是將手放到了容兮手中。血與泥汙了他一手淨白，容兮並不在意，將她護到自己身後，他這才轉頭看向那為首的黑衣人，「我乃羅浮山山神。」

山神？

眾人聞言一呆。少女也是一愣，望著他挺直的背脊有幾分不敢置信。她垂下頭，容兮還握著她的手，他的白衣袖染了她的血，看起來那麼觸目驚心。少女垂著眼瞼，一雙漆黑的眼眸裡不知是什麼神色在流轉。

面對驚駭的眾人，容兮笑道：「真是抱歉，干涉了你們族中之事。」見他如此客氣，為首的黑衣人稍稍緩了語氣，「我魅妖一族無意冒犯山神，只消將那少女交給我們……」

容兮一笑，「可我已經干涉了。」他一揮衣袖，但見黑衣人腳下法陣一閃，眾人驚慌，只見容兮談笑間揮了揮指頭，「你們便委屈一下吧。」法陣光芒大作，不過眨眼之間，數名黑衣人連帶著那些浮在空中的箭一併不見了蹤影。

「你將他們弄去哪兒了？」少女問，聲音帶著天生的清冷。

「自是他們該去的地方。」容兮回頭上下將她打量了一番，「小丫頭，我幫了妳，妳可得老實告訴我，妳是如何招惹上這些妖怪的。據我所知，魅妖可不是喜歡亂找事的妖怪。」

少女垂著眼眸，「我父母與他們有仇。」她道：「已在前些日子被他們害了，我是逃出來的。」

「哦？」容兮饒有興趣地打量她，「妳一個人類女孩，沒有半點法力，如何從他們手下逃出？」

少女手心一緊，握住她手的容兮自然感覺到了，可他還沒來得及摸清出這少女的情緒便見她抬起頭來，眸光清澈地盯著他，道：「我父親是北國的除妖師，他把能保命的法器給了我，自己丟了性命。」

容兮一愣。少女言語背後的故事讓他感慨，而更讓他驚訝的，是少女的態度，冷靜得像是在說別人的事情。但容兮能看到，她眼底有一簇深深掩藏的恨意，像是地獄裡的火，只在陰暗的地方熾烈燃燒。

「你還有什麼想知道的。」她問得有些生硬，可見並不喜歡被人如此盤問。

「有。」容兮笑道：「妳叫什麼名字？」

她默了一瞬，有些抗拒地不想回答。

容兮抬手揉了揉她的腦袋，「不用對我這麼戒備，書上寫的山神都是好人。我是好人。」

她知道。

她知道他是好人。他的眼裡沒有一點惡意。但糟糕的是，她並不是好人。

「白鬼。」她輕聲答道：「我名喚白鬼。」

第二章

容兮收留了她。

白鬼泡在大木桶裡，仰頭看了看上面破舊的房梁，有點不敢相信，這便是傳說中的山神居所？比山下農夫的房子還要簡陋。

白鬼敲了敲不知用了多少年的木桶，心想，這山神，大概是犯了什麼錯事被上天罰到此地來關禁閉的吧？然而一轉念，白鬼想到了容兮揮手間便用法陣將那些黑衣人轉走的場面，她眸色微微一沉——

「小丫頭，泡了澡自己擦乾淨出來哦，藥我都磨好了。」容兮在外面敲了敲門，然後白鬼便聽見他哼著悠閒的小調走遠的聲音。

山神不應該是揮一揮手就能把人身上的傷治好的嗎……這神還真……平易近人。白鬼在心裡嘀咕著，出了浴桶。

走到客房。客房的桌子上已林林總總地擺了許多小瓷瓶，容兮手裡正整理著藥物，也沒多看白鬼一眼，只拍了拍身旁的凳子，「過來，坐。」

白鬼看了看凳子擺的位置，站在門口沒有動。容兮鼓搗了半天，沒見人在自己跟前坐下，一抬頭，但見清瘦的小姑娘睜著一雙黑不溜丟的眼睛一眨不眨地將他盯著。

「怎麼了？」

他開口詢問，白鬼這才走過來，默默地將凳子拉得離他遠了點，挺直背脊坐下。

容兮愣神，對於她的戒備心感到哭笑不得，「妳坐遠了我沒法給妳上藥。」

「我自己來。」白鬼伸出手，遞到容兮面前，卻暴露了掌心被利刃劃過的傷痕。

見容兮的目光落在自己的掌心，白鬼五指一握，飛快地要把手掌抽回，卻在半路上被人拽住。

容兮輕嘆，「我當真是好人。」他打開白瓷瓶，倒出裡面的粉末，撒在白鬼掌心的傷口上。

微微的刺痛感讓白鬼下意識地抽手，容兮拽著沒鬆，只是輕輕吹了吹，「忍忍。」

他嘴裡溫熱的風吹得白鬼掌心有些癢，從沒被這般對待過，讓白鬼一直涼涼的目光染上了幾分羞澀。

「我自己來。」她抽不回來手，索性去搶容兮手裡的瓷瓶。

但不知為何，不管她動作再快，皆被容兮輕描淡寫地躲掉。他只輕笑著打趣道：「妳也會害羞啊！」

過了兩三招，白鬼老實坐著不動了，她知道，大概十個自己都沒法從這人手上搶到東西。

她老實坐著，任由容兮幫她包了手、腿，還有腰上的傷，弄完了之後他抬手揉了揉她的腦袋，「真乖。」

整個過程，他沒有一點不好意思，便像在給一隻撿回來的寵物包紮傷口一般。沒錯，寵物。

白鬼冷著目光任他的手在自己腦袋上揉亂了一頭青絲。強者為王，她打不過他，忍了。

容兮揉了一會兒，手往下一滑，輕輕觸碰她臉上被石頭劃破的傷口，「女孩子破相了可不好，我得好好幫妳弄臉上的傷口。」

白鬼心裡冷笑，原來他還知道她是女子嗎……

未待她想完，容兮驀地站起身來，一張臉瞬間靠她極近，近得連彼此的氣息都能感受得到。白鬼呼吸一窒，轉了目光望向牆角，情不自禁地收斂了氣息。容兮卻全然未覺她的緊張，挖了藥膏在她傷口處輕輕塗抹。

他指腹的溫度都隨著藥化進了她的皮肉裡，讓她的臉頰不由自主地熱了起來。這個人……這個山神……一點都沒有男女大防的心嗎！

手指離開她的皮膚，讓白鬼心裡鬆了口氣，但聽容兮在她額頭上一笑，道：「妳一個丫頭片子，心裡彎彎繞倒多，妳這麼小，我能對妳做什麼？」言罷，他像逗小孩似地捏了捏她的鼻子。

白鬼臉上冷得都快結霜了，「我已有十六，按禮當是嫁娶年紀，山神如此調戲，還望自重。」

容兮愣住，「妳有十六？」

白鬼額上青筋一跳，「重點是讓你自重！」

容兮摸了摸鼻子，然而不過片刻的尷尬後，他又笑開了，「十六也好六十也罷，對我來說你都是個小丫頭片子。什麼重不重。」他拍了拍白鬼的腦袋，轉過身一邊收拾桌上的藥品一邊道：「小小年紀，何必整日一副苦大仇深的模樣。今日早些睡，妳的身體得好好養。」

瞥著容兮離開她的屋子，白鬼抓了抓頭髮，不適應別人在她身上觸碰之後留下的感覺。

翌日，白鬼被「吱呀」的推門聲驚醒，她猛地立起身來，下意識地便去摸別在腰間的小刀，她動作太大，身體又還沒恢復力氣，身子一偏便往床下栽倒——卻在電光石火間，見光華閃過，她被一股溫暖的力道扶住，待回神時，她仍舊安安穩穩地坐在床榻邊。

門口的容兮指尖一彈，光華轉瞬即逝。他笑道：「若我是要殺妳的妖怪，妳以為自己還能剩幾兩肉渣？」

白鬼望著他沒有說話，直到他將餐盤放在桌上。白鬼才道：「你法力很高深。」

「不高深如何作山神？」

白鬼垂眸沉默許久，終是開口道：「魅妖不會放過我。若離開這裡我還是會繼續被他們追殺。」她頓一頓，調整著自己的語氣和態度，「你可以教我一些法術嗎？」

「是要我收妳作徒弟的意思？」

「不，只是教我些法術便可。」

「不是我徒弟我不教。看家本事可不外傳。」

「我作你的徒弟便是。」

「可我為何要收妳？」

白鬼看著他笑咪咪的臉，默了半天，道：「因為我長得好看。」

「哈！」容兮笑了好一會兒，「好理由。」

白鬼仰頭看他，只覺他的笑容在晨曦逆光之中顯得過於誘人。她想，其實這個山神才好看，真正的好看。只是性子，一點也不像個山神。

「要我收妳也行，不過我有兩個必要條件與一個附加條件。」容兮笑容未斂，但眼裡卻多了幾分認真，「必要的是：其一，我教妳法術，妳不得去尋仇；其二，十年之內，妳不得離開羅浮山。」

白鬼迎著他的目光，很乾脆地點頭，「好。」

容兮眼裡的厲色方收斂些許，言語輕鬆道：「至於附加條件嘛……」他隨手一指，「我在後山墾了片地，從明天開始，妳便幫我去施肥吧。」

施……什麼？

白鬼以為自己聽錯了。

容兮走到窗邊，撐開窗戶，指著山坡下那片長得無精打采的菜地道：「就那兒，一畝三分地，不大。種了些平時吃的瓜果蔬菜，若不好好照料，妳可就得餓肚子了。」

這……這傢伙，真的是來作山神的嗎？

冷淡如白鬼也不由得讓額上青筋跳動了一番，忍不住道：「你其實是農夫假扮的山神吧？」

被如此質疑，容兮也不氣，只笑道：「這才是生活。」

白鬼成了容兮的第一個徒弟，她急著想學法術，容兮卻不教，只道：「妳身體未大好之前不宜修習法術。」於是他丟了把鋤頭給她，「先下田幹活吧。」

原來在他看來，鋤地這種體力活竟是比修習法術更養身體的……

白鬼一鋤頭墾地裡，她抬頭看了看時辰，又抹了把汗，自打容兮丟給她鋤頭之後，已有一月時間了，這一月裡，她一個法術沒學，倒是把農活幹得越發熟練。

「小徒弟。」山頭大榕樹下的木屋前，容兮敲著鍋喚她，「回來吃飯了。」

白鬼扯下搭在肩頭的抹汗布，冷眼瞥了容兮一眼，一邊擦汗一邊往山頭上走。

她深深地有一種被騙了的感覺……

「下午地裡沒什麼事要忙了吧？」容兮輕聲問。

「嗯。」

「那便來學點術法吧。」

「嗯。」

白鬼應了之後才反應過來方才容兮說了什麼，她驚訝地抬頭望他，米粒沾在嘴上也不知道。

容兮放下筷子好整以暇地打量她，「真是難得啊，我的冷面徒兒居然會露出這麼可愛的表情，師父不得不摸一個。」他伸手將白鬼臉上的米粒摘掉，然後拍了拍她的腦袋。

白鬼沒有在意，只目光灼灼地盯著他，「你現在便教我？」

容兮失笑，「自是得吃完了飯再教的。」

白鬼兩口扒完了飯，「我吃好了。」她說著便繼續目光灼灼地盯著他。

容兮噙著笑，無視她的目光，仍舊慢騰騰地吃飯。直到白鬼目光都等得冷了下來，容兮才放下碗筷道：「這世間，最磨人的便是等待。最能成就人的，也是等待。」容兮笑道：「小徒弟，妳還得多磨練磨練。」

容兮下午當真開始教她法術了。僅教了一個下午，容兮便有感而發，「妳學種田要有這幹勁兒，咱們一年都不用愁吃了。」

白鬼嘴角一抽，這是你一個山神該說的話嗎……

容兮習慣地去揉白鬼的腦袋，「妳天資不錯，就是學得晚了些，不過沒關係，在我的指導下勤加修煉，或許四、五十年便能有所得。」

四、五十年……

白鬼垂了眼眸，她知道，對於修仙來說，這已是個很短的時間，但這時間對她來說卻太長了，她等不了，她必須找到短時間便能讓自己變強的法子。

容兮每天都抽出一兩個時辰教她心法，別的時間白鬼還是要到地裡去幹活。可她一刻也沒閒著，每時每刻心裡都琢磨著「法術」兩字，起早貪黑地修煉。容兮看在眼裡，也並不說她什麼，每天叮囑她最多的便是別忘了去施肥。

如此過了三月，白鬼隱隱能感覺到自己體內的氣息流轉了，她極是高興，吃飯的時候難得主動地與容兮說了話：「你前日教我的法子管用，今日我已覺有氣息在丹田轉動。」

容兮點了點頭，「地裡的瓜該熟了，明日摘個回來吃，解暑熱。」

他對她修行方面的事向來不大在意，白鬼早已習以為常，只道：「你今日要教我什麼心法？」

容兮拿筷子敲了敲她的腦袋，「小徒弟，要叫我師父。」這個要求他提過許多次，但總是被白鬼忘記，或許說，她總是不願開口叫他師父。

容兮瞥了一眼因為挨打而變得沉默下來的白鬼道：「前日那心法妳只習得了皮毛，今日不教妳別的，妳自去將那心法練好便是。」

白鬼應了。可她沒想到接下來的十多天容兮都沒再教她新的東西，那個心法她已倒背如流，體內氣息也已梳理得極為順暢，她想自己該抓緊時間學點新的東西了，但容兮卻怎麼也不肯教。

白鬼心裡著急，卻奈何容兮不得。但沒學新東西，並不妨礙她用自己的方式把學到的東西重組……

是日，白鬼剛走到菜園子邊，忽聽一陣窸窸窣窣的聲響。她眼眸一動，恍見種瓜的那片地裡一隻棕色的猴子在啃著西瓜。聽見人聲，猴子立起頭來，看了白鬼一眼，「嘎嘎」一叫，立時有其餘三隻猴子從田裡冒出了頭，拔腿就跑。

白鬼定睛一看，田裡的瓜與菜已被糟蹋得不成樣子。她不喜歡作農活，但還拚死拚活地將這些瓜菜養得好好的，她費了那麼大力氣搗騰出來的一片荒地，居然被幾隻猴子給踐踏了！

白鬼心裡氣得不行，當即冷哼一聲，調動體內氣息，集中與腿腳之上，憑空一踏，眨眼便行至其中一隻野猴身前，撤了腳上的力，她曲指為爪，徑直擒住野候的胳膊，但聽「咯」的一聲，竟是生生將猴子的胳膊給折斷了。

野猴疼得大叫。另外兩隻猴子見狀，發出威脅的聲音向她奔來。一隻抱住白鬼的腿，張嘴便咬。白鬼擒住牠的後頸，體內氣息一動，將野猴從她腿上扯下，如同擲石塊一樣將牠丟了出去。另外一隻猴子吊住了白鬼的胳膊，一口將她手臂咬住，白鬼狠狠給了牠一巴掌直將野猴打翻在地。牠甩了甩腦袋，似被打得痛極。

白鬼手上亦是被咬出了鮮血，疼痛讓她心裡極為憤怒，想到自己學了這麼幾個月法術，卻和幾隻猴子打架還會被咬，她又覺得自己沒用至極，怒上心頭，一抬腳便欲將那野猴踩住。正在這時，旁邊一隻野猴猛地跳起來一頭頂在她肚子上。

白鬼不該有這樣的速度與力道，她只是在攻擊的時候，將身體裡所有的氣力皆集中在了一個地方。踏空而行之時，氣力便在腳上；打鬥之時，氣力便在手上。身體其餘部位根本沒有留一點力氣來防禦。這是她用法力的方法，不守只攻。

是以被這野猴猛地頂了肚子，她只覺胃裡翻江倒海般難受，一仰頭，摔在了地上。三隻野猴趁機跑遠。

白鬼撿了塊石頭，對著牠們離開的地方砸去，可哪還能砸到什麼。

她捂著胃坐起來，越想越覺得自己沒用。地裡一片狼藉也不管了，就在菜地邊耷拉著腦袋坐了一下午。

晚上回去吃飯，容兮見她一身狼狽，問道：「妳這是和山上野豬搶地盤去了嗎？」

白鬼默不吭聲扒飯。

容兮見她手臂上有血，「還搶輸了？」語氣裡是滿滿嫌棄。

白鬼咬牙，「只是摔了一跤。」她沒好氣道：「我若與野豬搶地盤輸了，那也是因你不肯多教我法術。」

這幾個月，白鬼頭一次抱怨容兮教她的東西少。話一出口，她自己便沉默了。

她知道自己實在是無理取鬧，這人救了她、收留了她，還教她東西，她雖整日冷著一張臉，但心裡卻是清楚的，沒有誰該理所當然地為誰作事，所以他救她、收留她、教她法術，皆是這人的心善施捨，她不該要求更多，也沒有道理要求更多。

可是今日被這幾隻猴子打敗，實在讓她受了不少打擊，如果像她這樣學下去，等四、五十年後學成之日，她還要這些法力有什麼用？

她看了容兮一眼，容兮也沒生氣，只是平時掛在臉上的笑容稍稍隱了些許下去。

她心裡三分不安、三分愧疚，還有一些她自己也說不清、道不明的情緒，總的來說，她覺得自己真是糟糕透了……

「是我失言，我回屋思過。」她不知怎麼面對容兮，索性放了碗要走。

容兮拽住了她的手，迫使她停住了腳步，「我沒收過徒弟，但還是從書裡看過一些，別人家的徒弟受了傷，都是哭著、喊著，讓自己師父給自己治傷報仇，妳怎麼就不會哭一哭撒撒嬌呢？枉費我一番期待啊！」

白鬼嘴角一抽。

容兮笑道：「不吃也坐著，等我吃完了給妳上藥。」

白鬼坐下，她也沒拜過師，但她知道，別人家的師父，斷不會允許自己徒弟如此冒犯自己的。容兮對她，是真好……

第四章

白鬼以為那幾隻猴子打了便打了，自己被咬得也不嚴重，傷好之後便全然忘了這回事，只是被毀了的菜園子讓她有幾分難作。令人沒想到的事，在白鬼尚未將菜園子打理好之前，有個麻煩找上了門來。

看著大榕樹前圍了一群嘰嘰喳喳的猴子，還有站在猴子中間的一個金髮金眼的妖怪，白鬼想，自己或許闖了個挺大的禍。

「容兮，你那看菜園子的僕從便是這個小矮子？」猴妖指了指白鬼，「她傷了我小兒手臂，你將她交給我，今日我便不擾你了。」

白鬼才明白，那日被她打斷手臂的那隻猴子，竟是羅浮山妖王金猴的小兒子。

羅浮山有妖，卻不是惡妖；羅浮山有神，卻是個懶神。

妖不作惡，神自是懶得除妖，素日金猴與容兮井水不犯河水，幾百年打不了一個交道。

若無此事，容兮怕是任完山神這一職都不會與他們有交集的。

容兮往旁邊瞥了一眼，只見白鬼站前一步。

「猴子是我打的。」她道：「我與你們走。」

金猴冷哼，「妳倒是有點擔當。」他伸手向前，一股妖力纏在白鬼身上，抽手便要將她拉走，可卻還沒來得及使力，妖氣便被人從中切斷。

白鬼一愣，望向身邊的容兮。

金猴眯眼，周身殺氣四溢，「山神，我不欲與你動手，但你若要護短，休怪我不客氣。」

「護短啊……」容兮只如往常一般地笑，「如果在你眼裡她是短，那我今日便是護短；在你眼裡她是長，我今日便要護長。總之，今日我便是要護著她的，你看著辦吧。」

金猴一怒，也不再多言，但見他身影一隱，轉瞬間便移至白鬼跟前。金猴直取白鬼雙臂，卻在碰到她手臂之前被一道金光攔下。容兮屈指一捻，咒印推出的法力令離得較遠的猴子們皆膽顫嗚咽，金猴靠得近，更是直直被金光推出了三步遠的距離。

金猴大驚，容兮笑道：「你爺爺闢魈在時，可有與你說過，不要招惹榕樹下的老頭子？」

金猴詫異地盯著容兮，山神一職乃天界所派，五百年一任期，妖王金猴一族占山為王已有千年時間，照例說山神早該換了兩撥，而他居然還識得他先祖……羅浮山的山神極為神祕，幾乎從不離開這個山頭，金猴還以為歷屆山神皆是如此，原來從始至終，這裡的山神只有他一人……

小猴子們在短暫的壓抑之後嘰嘰喳喳地吵開，方才那一招，已讓金猴知道自己鬥不過此人，但此時此刻若要他打道回府又實在太過丟人……

「你來此，無非是想討個說法。」容兮的話音打斷他的思路，「若我將你小兒的手臂治好，咱們這筆恩怨可能算勾銷？」

一個臺階擺在金猴面前，他咬了咬牙，「好，你若能治，我自是不必找你這奴僕麻煩。」

「她是我小徒弟。」容兮拍了拍白鬼的胳膊，「把為師的藥瓶都拿來。」

白鬼尚盯著他的側臉失神，突然聽得這聲吩咐，連忙應了，轉身往屋裡跑。抱出容兮的那盒藥時，山精猴子們已將那傷了胳膊的小傢伙放在了容兮面前。

容兮捉住小猴子斷掉的手，小猴低低叫了兩聲，已沒力氣叫痛了。白鬼方知，自己那天下的手有多重。

容兮側眸看了她一眼，神色間沒有往日溫和的笑顏。明明沒有責怪，但白鬼心裡卻猛地一慌，連忙蹲下，將藥盒子遞給了容兮。容兮便也沒再理她，專心地給小猴子治手臂。

兩個時辰後，躺在地上的小猴子已安穩地睡著了，手臂被白棉布包了起來。容兮叮囑金猴道：「這段時間看著點，別讓小猴子再胡亂跑了。」

小猴子既已治好，眾妖也沒理由再留下來，金猴撐著面子對白鬼放了兩句狠話，帶著自己的猴子們走了。

大榕樹下恢復了往日的安寧。

白鬼跪坐在地上沒有起來，容兮看了她一會兒，「上次的傷是被那小猴子咬的？」

白鬼點頭。

「妳倒是有點本事，不過學了幾個月的法術便能傷了山精。」容兮道：「我瞅那骨頭是被法力生生震斷的，妳是半點也沒吝惜著力氣。」

白鬼耷拉著腦袋挨訓。

容兮靜靜看了她一會兒，「那日為何與猴子起衝突？」

白鬼一愣，沒想容兮還會問她這種問題，她以為只自己的一舉一動都被這個人看在眼中，原來……他竟是真的放心大膽地讓她在自己的地盤上跑，都沒有設法監視她嗎……

「猴子們偷菜……」白鬼頂著容兮的目光，忍不住為自己解釋道：「我也不知那幾隻猴子是山精……」

容兮仍舊肅著面容，「天地萬物皆有靈，他人損害了你心愛之物，你傷心氣憤情有可原，但絕不該用那般狠戾手法施以懲戒，妳可曾想過，妳所傷害的亦是他人心愛之物？」

白鬼不吭聲。

「今日妳便在樹下罰站思過。」容兮拂袖而去。

白鬼摸了摸自己胳膊上豎起來的寒毛，她才發現，她其實是有點怕他生氣的，怕他一氣之下，將她就此趕走。

她知道，離開了這裡，大概沒誰願意再教她法術吧？但她怕被趕走，又不僅僅是因為學不到法術，她……

白鬼捂著自己的心口，裡面的情緒，她不太理解。

一直在榕樹下站到月上枝頭，白鬼沒挪半分地方，腿已僵得快不像自己的了。

小屋裡，容兮站在門口正關門，白鬼抬頭一望，嘴唇動了動。

容兮一眼也沒看她，自顧自地將門關上，她心裡陡升一股莫名的委屈和害怕。

「我……」她一開口，卻見門縫裡落了鎖，她垂下了頭，聲音極低，「師父……我錯了。」

夜風涼，颳起了白鬼耳邊碎髮。

「吱呀」一聲，門打開的聲音在寂靜夜色裡尤為突兀。

白鬼猛地抬頭，小屋裡的細微燈光在容兮身後跳躍，他站在門裡，目光落在她身上好一會兒。

「進來吧。」他嘆息，似有一點無奈，「回屋睡覺。」

白鬼沒動，睜大著眼望著容兮。

容兮嘆息，「怎麼?妳這是在與為師賭氣不願意回來嗎？」

白鬼快步走上前去，經過容兮身邊，她抬頭望了他一眼，「師父不罰我了？」

容兮抬手揉她腦袋，「本來打算讓妳站一晚長長記性。」他笑，「可小徒弟，為師心軟了。」一聲弱弱的師父，便喚得他心軟了。

白鬼垂著腦袋沒應聲，任由容兮的手揉亂了她一頭青絲。

「快去洗洗睡。」他推她回屋，「對了，日後妳不許再用傷那猴子的方法。對妳身體不好。」

「嗯。」

關上自己的房門，白鬼摸到自己的腦袋，髮絲裡還殘留著容兮掌心的溫度。她蹲下身來，捂著腦袋在屋子裡長長久久地發呆。

他在意她，所以護著她。

白鬼臉頰莫名地有些發燙。

他心疼她，所以捨不得懲罰她……

「師父……」白鬼舌尖輕輕呢喃這兩個音節，「師父……」

比想像中的好聽呢。

第五章

時光轉瞬已是五年。

五年的春夏秋冬裡容兮教會了她法術和武功，送了她兵器和紅妝。

他說女孩子不能成天只學武，還得學會打扮。

五年的朝夕相處，容兮好像在白鬼心裡慢慢變成了一個重要的人，讓她不只是想從他那兒得到東西，更想給他點什麼。像是熱天的扇子、雨天的傘，冬天的暖爐、夏日的涼飲。

她想對他好，但白鬼還是清楚，自己那些背負不可能放下。她遲早會離開容兮，遲早會違背她拜師時給過的承諾。

只是她不曾想過會這麼快……

或者說，時間過得並不算快，但她已經快忘了自己該離開容兮了。

「小徒弟，隨為師去山下小鎮一趟。」

聽到這話，白鬼才想起，今日是三月初三，每年的今日，容兮都會帶她下山，去鎮上一個大戶的宗祠裡坐上一會兒。容兮說，他還沒變成山神前便是那戶人家裡的人。那戶人家的老祖宗，是他的哥哥，姓上官。

「上官容兮。」白鬼望著宗祠排位上的字，呢喃出了他的名字。

容兮一聲輕笑，不輕不重地敲了一下她的腦袋。

「沒大沒小。」他訓斥她，言語裡卻帶著笑意，「師父的名字也可如此隨意叫喚？」

白鬼瞥了容兮一眼，沒再說話。他上前點了三炷香插在香爐裡，望著最上面正中的靈位靜靜站了一會兒。

「走吧。」

容兮從不與現在這家裡的人見面，他稱此為「避嫌」，說他留在此地只為守護故土，而不是庇佑子孫，白鬼便知，容兮心裡或許重義、重禮，卻少人情。

每年祭了祖，容兮總喜歡帶著白鬼去鎮外的寺廟拜個佛，說什麼得與佛祖搞好關係，日後有事可以找佛祖幫忙。

作完這些，還會領著白鬼在小鎮上溜達一圈，買些有用沒用的物什，像打賞小孩一樣送給白鬼。

今年也不例外。

這日正逢小鎮趕集，集市熱鬧非常。在山中待久了，對於這種熱鬧難免覺得有些不習慣。

白鬼亦步亦趨地跟在容兮身後，容兮卻逛得悠然自得。

「妳吃不吃糖葫蘆？」

「不喜歡。」

「哎？小孩不都該喜歡這種酸酸甜甜的食物嗎？」

白鬼嘴角抽了抽，「我不小了。」

「好吧好吧，那麵人呢？」

「……」

見白鬼冷了臉，容兮笑著摸她的腦袋，「一年好不容易下山一次，不給妳買點什麼，怎麼體現出師父寵妳啊？」

他寵她，白鬼已經很清楚地感覺到了。她冷著臉垂著腦袋任由容兮摸了一會兒，倏爾道：「我想吃肉。」

容兮一愣，笑出聲來，「走，吃肉去。」

客棧裡人來人往，容兮領著白鬼坐在大堂角落裡，待小二報完菜名之後，容兮隨意點了幾個菜，「小徒弟，妳還要什麼？」

白鬼盯著桌上的碗筷沒有答話。容兮戳了戳她的腦袋，「妳不要吃肉嗎？」

白鬼恍然回神一般，眨了眨眼睛。

「哦，嗯，聽師父安排。」

容兮笑了笑，取笑了她兩句，白鬼卻沒有將他的話聽進心裡，因為此時她已經被旁邊那桌的談話引去了心神。

「北方那群魅妖一族又要開祭祖會了，聽說他們這次好像要拿什麼靈骨祭祖，好似是上屆靈女留下來的東西。」

白鬼手指一緊，關節用力得泛白，然而她臉上卻沒有什麼表情。

「魅妖一族的上屆靈女不是因與一除妖師私奔而被捉回，後來被處以極刑了嗎？挫骨揚灰的刑罰，她還能留下什麼？」

「她的靈骨啊，像內丹一樣的東西，聽聞服用後可長生不老呢！」那人笑道：「不過除了這靈骨，她還真和那除妖師留了一個孽種呢！這都是聽我師父說的，當年那靈女被抓之前已與除妖師生下一名女嬰，後來靈女被處以極刑，那除妖師和孩子卻不知去向，現在大概還在哪個旮旯裡活著吧。我估計著，這次魅妖一族這麼高調地宣布要拿靈骨祭祖，就是想誘這兩人出來呢。」

小二端上了第一盤菜，容兮給白鬼夾了在碗裡，「先嘗嘗這個。」

白鬼抬頭，目光望進容兮清澈的眼眸裡。她的身影映在容兮透澈的眼眸裡，一如她也是這般清澈。

白鬼靜靜地吃了兩口容兮夾來的菜。

「我肚子有點痛。」白鬼道：「想去茅房一下。」

容兮奇怪，「這菜不乾淨嗎？」

白鬼沒再多言，徑直站起身往後院走。

撩開大堂到後院的門簾之前，白鬼轉頭看了容兮一眼，他正專注地嘗著盤子裡的菜。

白鬼邁步離開，不是菜不乾淨，是她的心不乾淨。

她從一開始就沒打算信守許給容兮的諾言，十年不出羅浮山，不找仇家尋仇，白鬼從沒想過要真正答應這兩件事。

她的承諾是建立在謊言的基礎上，所以背叛起來，應該格外輕鬆……

至少在白鬼的估計裡，這應當是件輕鬆的事。

細心地掩蓋掉自己離去的腳印，白鬼行至巷陌角落，趁著無人，遁地術一動，眨眼便不見了身影。

與此同時，尚在客棧裡吃肉的容兮卻放下了筷子，臉上的神色難得地冷了下來。

第六章

月圓之夜，北邊魅妖山上下起了鵝毛大雪，魅妖一族的祭祖儀式便在大雪紛飛中進行。厚重的鼓聲好似要傳遍天下，身著黑衣的戰士分列長階兩旁，壯年的族長身披拖地長披風，走上好似能通天的階梯，行至最高處，將手中黑木盒安然放下。

「祭祖！」族長一聲長吟，階梯兩旁的戰士皆下跪行禮。族長亦是彎下了腰，便在這瞬間，離高臺最近的那名士兵倏爾身形一動，直取臺上黑木盒而來。

族長卻在此時驀地將那黑木盒一拍，木盒化為灰燼，那士兵立時退了幾步，族長怒斥，「我看妳這孽種還能躲到幾時！」他大喝，「擒此孽種者重賞！」

登時氣氛驟變，數名戰士一擁而上，白鬼的面容在躲避當中露了出來。確定是她，眾人所有的心思皆撲在了她身上，連族長也不由得緊緊盯住那方態勢而全然忘了身後。

待得一把寒如冰雪的長劍比上了他的脖子，族長才意識到，他們中計了。

那還在空中跳躍的「白鬼」只見身形猛地一縮，砰的一聲化為一片綠葉，飄飄蕩蕩落在了下方青石階梯之上。

眾人恍然了悟，此刻回頭，哪裡還來得及，族長已被控制在了白鬼手中。

他們設了個計，本想甕中捉鱉，卻沒料不過短短五年時間，這個一點法力也沒有的少女，竟能將變化法術修得如此精深，以至於讓大家都無法察覺。

「真正的靈骨在哪兒？」白鬼在族長的耳邊輕聲問，聲色比漫天冰雪更冷厲。

「休想我告訴妳這個孽種！」

長劍在族長脖子上抹出了一道血痕，眾人一時有些嘈雜，族長喘道：「妳今日殺了我，便休想踏出我魅妖山一步！」

「拿不到靈骨，我本就不打算活著出去。」白鬼冷笑，「你們魅妖一族折磨我至此，能殺你墊背，我心已足。」白鬼手中寒劍更深地割入族長頸項之中，鮮血如注染了白鬼一手刺目的紅，「靈骨交出來。」

階梯之下的戰士皆有幾分躁動。

忽然之間，族長猛地將手中一塊灰色物什往戰士那方一擲，白鬼瞳孔一縮，有片刻的失神，就趁這片刻的時間，族長猛地反手擒住白鬼的手，低喝一聲，手肘猛地擊在白鬼腰腹之上，巨大的力量撞擊五臟六腑，白鬼猛地嘔出一口鮮血。她卻不知痛一般，目中殺氣大盛。

「找死！」但聽她一聲怒喝，寒劍利刃劃拉過族長的脖子，徑直將他的腦袋削了下來！

眾人驚駭，白鬼身影未停頓半分，徑直往被擲出的灰色骨頭那處尋去。

然而族長被殺，眾人愣愣而後大怒，戰士們皆拔刀出鞘，一擁而上。

白鬼不管天資多好，在容兮那處也只學了五年法術，單打獨鬥或還可以智取勝，但在這群起而攻之的情況之下便難以取巧，再加之方才受了那族長一擊，白鬼身體的反應本就遲緩了許多，不過片刻下來，她周身已挨了不少刀。

好歹她總是避過要害，雖傷得多，卻傷得不重。

白鬼像是天生能感覺到靈骨的氣息一般，不管這些魅妖一族的戰士如何傳送，白鬼總是能精確找到靈骨所在的方向。眼看著她離拿靈骨的人越來越近，孰料那人竟甩手一扔，徑直將灰色靈骨往山下一扔。

白鬼瞳孔緊縮，一腳踹開身邊正與她纏鬥的人，飛身上前，竟是不管身後的人會怎麼攻擊她了！

「放箭！」不知是誰一聲高喝，數名背弓箭的戰士立刻引弓而射，直直向白鬼的背脊扎去。白鬼卻半點沒分心來擋，飛身撲下，伸直了手臂，只為將那靈骨抓住。

箭勢極猛，眼看著便要將白鬼的身體扎出數個窟窿。

電光石火之間，在漫天大雪的天氣裡，倏爾劈下一道雷霆，斬斷了追隨白鬼而來的箭。

白鬼安然抓到空中的靈骨，人卻重重地摔在青石階梯上，她身體止不住去勢，順著階梯往下滾，她神志已摔得有些不清醒了，卻還記得緊緊地將靈骨護在懷裡。死也不能放掉它。白鬼想，死也不能放掉。

忽然間，白鬼只覺自己身子猛地一頓，像是被什麼無形的力量拉住了一樣，安穩地停在了階梯上。

渾身痛得幾乎已經麻木，她艱難地睜開雙眼，迷迷糊糊地往上一望，卻見上面兩級階梯上正立著那個她再熟悉不過的白色身影——

容兮，她的師父，這世上對她最好的人……

在她背棄誓言不告而別之後，他還是願意來找她嗎，還是願意救她嗎，還是願意……護著她嗎？

他對她那麼好啊……

但她卻用他教的法術來騙他，用他送的劍去尋仇殺人……牙齒默默咬緊，即便現在容兮背對著她，沒有對她說一句話，但白鬼卻還是覺得臉像被誰打了耳光一樣火辣辣地疼痛著，幾乎蓋過了身上所有的傷。

「誰敢傷她？」

冷冷的一句話攜著森冷殺氣混合著漫天風雪，颳得青石階上的魅妖一族的戰士們有幾分戰慄。場面一時靜默。

「羅浮山山神大駕，有失遠迎是我魅妖一族失禮。」一名壯年男子適時站了出來，卻是當初追殺白鬼至羅浮山的那名領頭人，「但望山神休要干預我族內務。」

「內務？」容兮笑道：「她乃我容兮之徒，無論作了何事，獎賞懲戒皆由我說了算，若論內外，她當是我的內務，爾等休得插手才好。」無論何事，無論對錯，皆由他來定論罰與不罰，這話是要將人偏袒到底的意味啊……

壯年男子肅容道：「我竟不知，原來山神竟也收妖怪作徒弟？」

容兮身體微微一僵，側過頭看了白鬼一眼，卻見白鬼垂著頭，握緊手中搶到的那塊骨頭，一言不發。

「山神可是不知，你身後那人乃我魅妖一族所出孽障，數年前我族靈女外逃與北山一除妖師私奔而生此孽障，她非人亦非妖，身上無半點妖氣，她天生如此，想來山神也未必看得出她的真身，所以才誤以為她是人類，收她為徒的吧？」男子冷笑，「五年前我未殺得了她，她既已拜山神為師，若誠心修道，我等自是不會再找她麻煩，但今日她先來盜我靈骨，後又殺我族長……」男子聲色中戾氣越重，讓他不得不停頓一會兒，緩了語氣道：「且山神可知，她手中那靈骨又有何用？」

白鬼驀地抬頭，目光狠戾地盯著男子，男子冷笑，「那靈骨能助她恢復妖怪之身。你看，她根本沒拿你當師父，你卻要護著這麼一個『徒弟』？此孽障乃我族之恥，他日或將成為山神之恥，山神還要留她？」

「住嘴！」白鬼怒叱，以劍撐地，艱難地站起身來，踉蹌了兩步，竟是想憑這副身體去與那人拚命。

手腕驀地被擒住，白鬼還沒來得及側頭看，便覺手腕被用力一握，登時掌心無力得連劍也握不住了，寒劍落地發出鏗鏘之聲。容兮沒有看她一眼，只對著階梯上的人道：「是否成恥，還不容閒人置喙，我已說過，她是我的內事，不需爾等插手，便是西方如來、九重天君，亦不得插手。」

那人微微一愣，隨即咬牙諷笑，「山神倒是大度。只是你要護她，可還問過她願不願意？」

白鬼張了張嘴，還沒來得及說話，容兮便搶在她前面道：「我要護誰，誰都不能說不行，你們不行，她也不行。」語氣堅定果決，快得就像是不想聽到白鬼的回答一樣。

「我如此說了，你們且待如何？」容兮聲色雖淡，而言語中卻殺氣凌厲，「有意見的，且與我一戰。」

這是白鬼第一次知道，原來溫和如容兮，也有如此蠻橫霸氣不講理的時候，或者說，他其實一直都蠻橫霸氣不講理，但只是這些本質被掩蓋在了微笑的外表之下，讓人不易察覺，而現在只是把脾氣放到檯面上而已。

把脾氣放到檯面上，也就是說，容兮生氣了。

很生氣。

擒住她手腕的手用力得突起了青筋，白鬼無力地趴跪在階梯之上，對方眾人聽此言語一時群情激奮，壯年男子也是一臉青黑，「既然如此……」他一個手勢，身後的魅妖族戰士立時蜂擁而上，向容兮殺去。

容兮手中捏訣，腳下青光一閃，法力如波推散開來，眾人直覺動作受阻，片刻之後，忽見青石板的縫隙之間驀地鑽出無數藤蔓，形成巨大的網攔在他們與容兮之間，且藤蔓還延伸出去，像有意識一般將那些戰士盡數纏繞住。藤蔓之中，不停有人以妖術相搏，但皆被後來的藤蔓制住了動作。不消片刻，青石階上的那頭已被藤蔓繞滿，所有的魅族戰士皆被困在藤蔓之中。

容兮腳下法陣收攏，「還有何話說？」

藤蔓之中有人怒道：「殺我族長辱我族人之仇，有朝一日，我魅妖一族定向你報回來！」

「有本事便來吧。」

容兮俯下身子，攬住白鬼的腰，「撐得住？」

白鬼點頭。

駕雲而上，容兮帶著白鬼急速往羅浮山趕去。

白鬼傷勢重，在路上便隱隱有心衰之勢，容兮用盡了法子卻還是沒法讓白鬼好起來。最後思慮之下，終是一手抱住她，一手挑起她的下巴，脣畔相觸，他以舌尖挑開白鬼的脣，渡了一口真氣進去護住她的心脈。

離開之時，卻看見白鬼睜了眼，四目相接，容兮面無表情地轉開了頭，「妳可還記得拜師之時，給我許下的是什麼承諾？」

白鬼沒答，待容兮再瞥她之時，卻見白鬼已經閉眼睡了過去。

容兮掌心一緊，卻也沒有更多的表現。

第七章

白鬼好像作了個夢，夢見師父親了她。

脣畔的溫度好似一直能燒到心裡。

一睜開眼，是她住了五年的小木屋，屋裡的擺設還與她那天走時一樣，若不是身上傳來的疼痛感，白鬼只覺得這又是一個平淡無奇的早上，她刷牙洗臉完後該去和容兮一起用早膳。但想起先前的事，她又不知，自己該用怎樣的面目去面對容兮。

她的背叛和算計已經赤裸裸地擺在容兮面前，只等待著……被審判。

「醒了？」房門被推開，容兮端了一碗藥走進來，「身體還有何處不適？」

白鬼靜靜地打量他，卻見他神色一如平常，然而便是這份奇怪的平靜讓白鬼心裡不停地打鼓。

「師父……」她一開口，容兮便將藥碗遞到了她面前，「先喝藥。」

白鬼素日沉默寡言慣了，此時也不知該說什麼，老老實實地照著容兮的話做，可剛放下碗，便又聽容兮道：「既然醒了，妳身子已無大礙，這便收拾收拾下山去吧。」

白鬼愕然，像是聽不懂他說的話一般猛地抬頭看他。眼眸顫抖，像是遇見了什麼令人極為驚懼的事。

容兮神色如常，就像他剛才只是說了「馬上就吃飯了」一般稀鬆平常的話。他收了碗往外走，「不送。」

見他轉身離開，微涼的髮梢掃過白鬼的臉龐，白鬼心頭陡然一空，從方才起便盤踞在心底的恐慌如同猛虎破欄而出一般，將她的理智和冷靜瞬間吞噬得乾乾淨淨。

她一掀被子，赤腳踩在地上，跟著容兮追了幾步，惶然地抓住他的衣襬，「師父！」喊了一句她卻驀地哽住了喉，不知自己該說什麼，默了半晌終是垂頭道：「師父，我錯了……」

容兮回頭看她，靜靜地掰開她的手，「妳當初既打算離開，便該做好了再也回不來的準備，我現在不過是成全妳彼時心願罷了。」他聲音很輕，話語卻如千斤墜一般將白鬼的心沉沉地拉入深淵，「而且我身為山神，確實也不該收一個妖怪做徒弟。」

「我……我不是妖怪。」白鬼此時唯想得到這一句話。

但這句對她來說像救命一樣的解釋卻被容兮輕描淡寫地帶過了，「是也好，不是也好，如今我都不會再留妳。」

話音落下，容兮邁步出門。

「我不會再尋仇了！」白鬼驚慌地往外追，「我以後再也不會違逆你的意思。我也不離開羅浮山，再也不……」話語未說完，容兮的身影已不知消失去了何方。

白鬼臉色白成一片，看著空空蕩蕩的院子，無助像是藤蔓纏住了她的雙腳，讓她無法挪動一步。

「你別將我逐走……」

未說完的話被山間涼風吹散，榕樹葉「沙沙」響著，白鬼孤零零地立在院子裡，頭一次覺得山上的風和陽光都寂寥得可怕。

白鬼沒敢進屋，甚至連院子也不敢踏進一步。她跪在院門外，在容兮第一次罰她站的地方。挺直背脊不發一言，像雕像一樣一動不動地跪著。她記得那次她站了一天，只認了一句錯，容兮便心軟地放她進屋了，可是這次，她認了很多次錯、跪了很久，容兮也沒有心軟地出現。

他是真的生氣了。

白鬼垂眸看著地上榕樹投下的影子在風的吹拂下輕輕搖晃，心想，容兮不肯出現，她也不會離開。

不知跪過了幾個日出日落，白鬼膝蓋已沒了知覺，先前身上受的傷也未大好，人有點撐不住了，可不管臉色再蒼白、嘴唇再乾裂，她也不肯起身，像是被施了定身咒一樣。

是夜，春雷陣陣，一場貴如油的春雨簌簌而下，穿過了巨大榕樹的葉子，落在白鬼臉上，她忍不住伸出舌頭，將落到唇畔的雨滴舔盡。喝到水，她才感覺自己有多渴。她仰頭，微微張開了嘴，讓雨滴直接落進嘴裡，此時卻見天上一道閃電劃過，巨大的雷聲轟得大地都在顫動，白鬼眼睛一花，耳鳴了一瞬，身子像忽然失去平衡一般往旁邊倒去。

不是泥濘的土地，她臉頰觸及一塊散發著體溫的棉布，鼻尖嗅到了再熟悉不過的味道。

白鬼無力抬頭，但她知道來人是誰，明明渾身的力氣都已被抽光了，可她還是抬起手，緊緊地將來人的衣襬拽住，「師父……」

雷聲未停，風雨未歇，容兮沒有推開白鬼，也沒有將她帶回屋裡，只問道：「妳既已決心作回妖怪，又何必再求修仙之法？」細細一聽，言語中竟還藏著幾分難以察覺的無奈。

「別趕我走……」白鬼卻拉著他的袖子，牛頭不對馬嘴地嘀咕，「我不走。」嘴裡翻來覆去便是這幾個字，再沒有別的話了。

容兮垂頭看她，終是將她抱了起來，帶回屋裡，只在風雨中留下一句半是嘆息、半是無奈的話語：

「妳這是在使苦肉計啊！」

是篤定了他……會對她心軟啊！

白鬼的手一直拽著容兮的衣袖，任由他如何拉都不放開。容兮看她一身又髒又溼，無奈地寄望於她還能在昏睡中有點神志，「放手，我去幫妳拿面巾。」

「別趕我……」

看她乾裂的唇呢喃出這幾個字，容兮苦笑著軟了神色，「好，不趕妳。」

「我錯了。」

「嗯，我原諒妳。」

「別丟下我……」

「我沒丟下妳。」容兮頓了頓，「是妳丟下為師了。」

「我錯了……」

容兮為她答得這般順暢而失笑，「原諒妳了。」

「……」白鬼脣畔輕微地動著，容兮忍不住俯身下去在她脣邊傾聽。

「師父。」她輕軟地喚他。

每當聽到這兩個字從白鬼嘴裡說出來，都讓容兮止不住地心頭溫熱，即便是她做了再多不對的事情，讓他生了再大的氣，他也會無可救藥地為了這兩個字原諒她。原諒，不過是時間長短的問題。

這兩字於他而言，簡直就像是毒藥。

溫暖蝕骨。

「我喜歡你。」

容兮愣住。

幾乎忘了把耳朵從白鬼脣邊拿開。於是他再一次聽到了白鬼確認一般的呼喚聲：

「師父。」

她……

容兮頭一次不知道該如何去控制自己臉上的表情，像傻了一般，僵了許久。

她喜歡他？

不是敬仰，並非崇拜，而是喜歡？是世俗之愛，是男女之情？

容兮驀地退了幾步，直到抵住身後的桌子才停了下來，他望著白鬼的面容，呆愣失神。屋外的雨聲稀哩嘩啦地亂彈一氣，一如他的心弦，再難平靜。

白鬼再次醒來之時，看見周遭場景，驀地翻身坐起，動作太大牽扯得她渾身傷口都痛，但她卻沒來得及喊痛，因為她一眼便瞅見了坐在床邊椅子上的容兮。幾乎是下意識地，白鬼一把擒住容兮的衣袖，用力得讓容兮也有幾分驚訝。

「師父我錯了！」她連忙道歉，「你別再趕我走，我不想變成妖怪，我會拿靈骨只因那是我母親的東西，我不能讓她的遺物被魅妖糟蹋。我之前是想過要用靈骨變成妖怪，可我知道你會生氣，我不想你生氣，我此去當真沒有用靈骨變妖怪的想法！我不辭而別是錯，對你隱瞞身分是錯，背棄承諾是錯，我願用所有來彌補過錯。」白鬼從未這般著急地解釋，語無倫次，毫無邏輯，蒼白的臉竟是被生生急出了幾分血色，「你怎麼罰我都可以！但……但求你別趕我走……」

最後一句說得百般委屈、萬般乞求，從來性子冷淡的白鬼，何時有過這樣小孩一般無助。

容兮垂眸靜了一會兒，他感覺到白鬼手心裡出了多少汗。
「跪了這幾天，也算將妳罰過了。」他道：「既妳誠心認錯，為師便原諒妳這次。」
他將手抽出。
白鬼有幾分愣神，不明白為什麼這兩句原諒的話語竟聽得她有幾分心涼。
「近來我要出趟遠門。這些日子妳自己好好休養。」
白鬼手心一緊，「師父……不帶我？」
「妳傷未好。」
白鬼垂頭，「師父何時能歸？」
指尖動了動，容兮忍住摸她腦袋的衝動，「不知，妳照往日那般繼續修行便行。」
「是。」

第八章

容兮一走便是七個月，大半年的時間，羅浮山已入深秋，山上除了大榕樹，別的花草已凋敝得差不多了，容兮便是在這樣蕭索的季節回來的，踏過枯葉，迎著秋風，牽著一個小姑娘回來了。

「清墜，她叫白鬼。」容兮給小姑娘介紹她，「是妳師姊。」

白鬼目光落在清墜身上，十二、三歲的年紀，一張稚嫩的臉龐，水靈的眼睛裡面藏著幾絲膽怯。「師……師姊。」她這樣稱呼她，但是卻有點害怕地往容兮背後躲。

容兮笑著揉了揉清墜的腦袋，「妳師姊面冷心熱，不用害怕，多處處便好了。」聲色溫和一如當初收她為徒的時候。

白鬼緊緊盯著容兮的眼睛，在他清澈的眼眸裡，看見了自己的臉冷得有多嚇人，難怪，小姑娘會害怕啊……她的嫉妒，原來是這樣遮掩不住。

白鬼垂了眼眸，長睫毛掩住她眸中情緒，「師父此一別，甚久。」久得都讓她以為，容兮不會再回來了。

容兮笑了笑，「可做了飯食？」他輕描淡寫地避過這句話，就像離開並非幾個月，而只有幾天而已。

一天渾渾噩噩地過去，到了夜間，清墜與白鬼睡在一個屋裡。白鬼在屋子靠窗的位置搭了張床，自己睡在那裡，將原來那張床讓給了清墜，可是睡到半夜的時候，忽覺有人走到了自己床邊，白鬼素來警惕，當即一睜眼，一伸手擒住來者胳膊，身子一轉，便將來人摁在了床榻之上。

「師……師姊？」

小姑娘嚇得不行，聲音都在發抖。

白鬼聞言，驀地清醒過來，她鬆了清墜，「為何不在自己床上睡覺？」

小姑娘揉著手腕，忍著痛，抹了把驚慌失措的淚水，「我怕窗外有妖怪……」

白鬼一愣，「這裡沒有妖怪。」說完這話，她沉默一瞬，「沒有妖怪會傷害妳。」

清墜垂著腦袋，「可我還是有點怕……我可以和師姊一起睡嗎？」白鬼沒答話，清墜便又道：「如……如果師姊不願，我就自己睡吧。」

白鬼將她手一牽，幾步走到原來那張床邊。

「上去吧。」她道：「我陪妳。」

清墜像是不敢相信自己聽到的話一樣，猛地抬頭看她，倏爾破涕一笑，抱著白鬼的胳膊躺在床上，腦袋在白鬼的手臂上蹭了蹭，「師父說得沒錯。」清墜笑道：「師姊果然很溫柔。」

白鬼身體微微一僵，「師父說？」

「嗯，自打半年前師父將我從妖怪手上救出，這一路走回來，師父常常都在念叨師姊呢！說妳勤奮努力，萬事細心，性子看著雖冷，但對自己人卻很溫柔。今天看到師姊，我確實有點被師姊的神色嚇到，不過……」她將白鬼的胳膊抱緊，「還是師父瞭解師姊。」

細心？溫柔？容兮是這樣說她的？

不是滿心算計，不是背棄承諾，不是心狠手辣？白鬼不由得愣神，「師父，不厭惡我？」

「為什麼厭惡？」清墜打了個哈欠，「他很想念師姊呢。」

想念啊……

白鬼心頭一熱，卻又倏爾微涼，大概是小姑娘看錯了吧，若是當真想念，又怎會一別七月，大半年也不曾歸來。

耳邊傳來清墜均勻的呼吸聲，是已經睡著了，然而白鬼卻睜著眼，睡意不知被驅趕到了什麼地方。

清墜初來，對周遭環境不熟，容兮外出大半年，有許多山神日常該做的事都沒做，回來之後忙得不可開交，於是清墜便成了白鬼的任務。她領著她熟悉環境，準備開始教清墜東西的時候才發現她其實是有底子的。

「我娘親是除妖師，以前一直是她在教我法術，只是七月前，她被妖怪……」清墜眼眸微微一暗，隨即笑道：「還好有師父救了我，不然我也隨娘親去了。」

除妖師啊……

「我父親也是除妖師。在我走投無路的時候，也是師父救了我。」白鬼輕聲道：「咱們挺像。」

清墜聞言眼睛一亮，「師父之前也說我與師姊像呢！」清墜笑道：「只是他說師姊更隱忍一些。什麼事都憋在心裡不說，這樣更讓人心疼呢！」見白鬼垂眸不語，清墜拽了她的手，道：「要是以後師姊有什麼不開心，就和清墜說吧，我會負責把妳逗到笑的。」

白鬼看著清墜的笑顏，心頭倏爾一暖，隨即又轉了眼眸，只淡淡道：「我不喜歡笑。」

冬去春來，繁花凋謝後，又過半年，羅浮山如往年一般跨入一個尋常的夏季。

清墜早在山林間跑熟了，整日野在外面玩，有時天黑也不回來，用晚膳時，桌上偶爾會少一人，白鬼對山裡的山精野怪心存顧慮，每到此時，總是放了筷子出去找人。容兮卻老神自在地繼續吃飯，只道清墜知道分寸，不會出事。

是日，清墜再次在晚膳時缺席。白鬼臉色鐵青，她昨日才教訓了那丫頭一頓，卻是一點效果也沒，今日還是不歸，白鬼氣得不行，沉著臉拍了筷子就出門，容兮笑笑，自顧自地吃飯。

今夜風大，空氣中有泥土的味道，想來是快下雨了。

白鬼捏了個訣，一路尋著清墜的氣息而去，找了個把時辰，才在一個樹洞裡找見了她。

看見清墜，白鬼還沒來得及指責她一句，清墜便急急將她拽了過去，「師姊！師姊！這匹小狼受傷了。」

白鬼一看枯木上躺著的正是一匹白色的狼，皮毛上染有鮮血，看來傷得不輕。

「師姊妳快救救牠。」

白鬼蹲下身子，皺眉打量了白狼一會兒，忽然，白狼猛地轉過頭來，對白鬼齜出森森的犬牙，牙上還帶著血絲，顯得可怖嚇人。

清墜一巴掌捂住白狼的嘴，將牠腦袋摁下去，輕輕地抽了牠腦袋一巴掌，「我師姊能救妳，不准鬧！」

白狼被如此一打，倒還老實了，任由白鬼在牠皮毛上翻看了一會兒，「牠傷得重，得用藥，先把牠帶回去吧。」

白鬼話音一落，外面白花花的閃電一亮，緊接著一聲雷響砸下，清墜忍不住叫出了聲：「師……師姊……打雷了……」

「嗯，先把牠帶回去。」

白鬼起身要走，清墜抱住白狼沒動，「可……可是打雷了……」

這半年相處，白鬼心裡是知道清墜為何怕打雷的，因為她母親便是在一個雷電交加的夜晚，在她面前，被妖怪殺死了。可是她不能一輩子都害怕雷聲，她總得邁過心裡這個坎兒的。

「跟我走不會被雷劈。」白鬼勸道：「走吧。」

清墜遲遲未動。

僵持之際，樹洞之外忽聞幾聲輕喚，「小徒弟……小徒弟……」

清墜忽而眼睛一亮，大喊：「師父！這兒這兒！」

容兮尋聲而來，人未到先已聞笑聲：「我見打雷，想妳定會害怕，這便尋了來，為師來得可是時候？」

容兮剛一現身，清墜便撲了上去，抱住容兮蹭，「師父！小狼受傷了，我得帶牠回去上藥，但是打雷了我不敢走。」

容兮笑著揉了揉她的腦袋，「那就不准打雷了。」

言罷，平地陡然生風，颳向天際。轉瞬之間天的氣息陡變，雖還是陰天，卻全然沒了方才濃重的溼氣。白鬼一驚，她雖對神仙之事不太瞭解，但她也知道，山神怎會有能力管轄起風降雨之事，「師父……」

容兮擺了擺手，「我知妳在憂心什麼，不過羅浮山地界的事，我自有分寸。」他對清墜笑道：「現在不打雷了，可能回去？」

清墜眼睛亮亮的，「師父好厲害！」

白鬼皺眉，「怎可如此慣她！」

容兮輕笑，「我統共只收了兩個徒弟，自是得好好慣著。是不是？」他問清墜，當然得到了大大的肯定。看著容兮牽著抱著小狼的清墜走在前面，白鬼拳頭握緊，又無力地鬆開。

容兮護短，不是因為她，而是因為她是他的弟子，是他因為憐憫而收的徒弟。他護著她，只是因為，他喜歡護著自己的徒弟，屬於自己的東西……

從帶回清墜這大半年以來，容兮讓她越來越清楚地認識到這個事實。對於容兮而言，她是特別的，僅僅因為，她是他收的徒弟。再無別的情愫。

可還能要求什麼呢，這樣，已是上天給的，最大慈悲。

白鬼走得太慢，在夜色的遮掩下，沒有看見前面的容兮微微停頓了腳步。

清墜抬頭看他，「師父？」但見容兮望著後方，清墜也跟著往後面看，「要等等師姊嗎？」

容兮默了一瞬，繼續邁步向前，「不了，不等了。」

清墜奇怪，她又看見了容兮臉上露出她看不懂的神色，這是在之前容兮帶著她四方遊走之時，每當提到師姊他便會露出的表情，三分心疼、三分無奈，還有更多她不懂的情緒，沉澱出了嘴角微澀的弧度。

第九章

清墜撿回來的那匹狼養好傷後便不見了蹤影，連招呼也沒打一個。清墜氣得直罵「狼心狗肺」，白鬼和容兮很有默契地沒告訴她，她救的那匹狼是個妖怪，還是個很厲害的妖怪。只是妖怪並無惡意，甚至對清墜還有幾分不同，所以他們才救了他。只希望清墜多結善緣，畢竟她修仙的路還很長。

然而與白鬼和容兮的期望不同的是，自打那年開始，清墜便一年比一年更頻繁地下山，性子也一年比一年更為沉穩。

終是在五年後，一個尋常的夏日，容兮應邀去參加四方山神的聚會，天晚未歸，白鬼正在屋子裡靜坐修行，忽覺房間裡妖氣大作。白鬼一驚，推門而出，忽聽清墜一聲驚呼，「葉傾安！你作甚？」

白鬼抬頭一看，清墜已被黑衣男子擒到空中，白鬼當即拔劍出鞘，踏雲而上，劍勢如虹，追著清墜而去。清墜在男子懷裡掙扎著往後一看，大驚，「師姊不要……」

話音未落，男子陡然回身，拂袖一揮，一股凌厲妖氣直向白鬼殺來。

白鬼揮劍來擋，卻全然沒料到那人的妖氣如此凌厲，似重錘一般，擊打在她手中寒劍之上，寒劍應聲而斷，妖氣徑直撞上她的心口。

白鬼只覺心頭一悶，胸腔撕裂一般疼痛，腳下再無力氣駕雲，徑直向下墜去，耳邊是呼嘯的風聲還有清墜怒聲的斥罵。

不過轉瞬間，所有的感覺都離她遠去，世界彷似沉入了一片完全的黑暗當中。

師父……昏迷之前，白鬼忽然想，若她死了，他……會作怎樣的表情呢？她突然沒心沒肺地想讓他心疼一下呢……

「葉傾安！」清墜大怒，手中氣息凝注演化為一柄利刃徑直往他心房扎去。葉傾安也未伸手擋，如同意料中地看見寒刃停在了他心口的地方，清墜咬牙，「帶我回去找她。」

「我是在幫她。」葉傾安看著清墜停住的手，嘴角有幾分高興地翹起來，聲色還是冷淡道：「死不了，妳那師父自會有法子。」

清墜一愣，「你如何知曉我師姊與師父……」

葉傾安輕描淡寫道：「看一眼就知道了。」

白鬼不知自己在哪兒，四周一片黑暗，她只知道自己要不停地奔跑，像是背後有什麼人在追殺她一樣，在落花的月下，踏過泥濘的土地，一直不停地奔跑，心肺彷似快要炸開，她絕望又無助。

「來，我護著妳。」彷似是從天邊外傳來的聲音，白鬼抬頭一看，月下樹影中，白衣男子淺笑著對她伸出了手。

師父……

這兩個字，幾乎讓她溼了眼眶。那是數次救她於危難的人，是護她無虞的人，是她敬仰、崇拜、愛慕、傾心的人，也是她永遠不能觸碰和褻瀆的人。

「師父……師父……」

「我在。」

清晰的聲音在耳邊響起，白鬼猛地睜開雙眼，還沒等她看清眼前人，便被心口處的疼痛拉扯得蜷起了身子，素日裡再是要強，此時也不得不痛得吟出了聲。

「白鬼、白鬼，不要運氣。」有人抓住她的手，強自穩著聲音，一遍又一遍地在她耳邊說：「告訴我，妳母親的靈骨在哪裡？它可以救妳。」

白鬼蜷著身子渾身發抖，聽聞此話卻還是努力搖頭。

「不用……靈骨。」她牙關緊咬，「不用。」

容兮握住她的手將她抱在懷裡，掌心的法力源源不斷地往白鬼身體裡面送，但卻還是壓不住在她心口肆虐的妖氣。

「妳必須用。」容兮沉了聲色，壓住湧上心頭的慌張，「乖，快告訴師父。」

用了靈骨她就會變成妖怪，白鬼心裡明白，她搖頭，「師父會討厭我……」

容兮心尖已顫，聲音微啞，「不會，他怎會討厭妳。」他掩住眸中氾濫的情緒，「他永遠不會。」

白鬼仍是搖頭，話已經說不清楚了，「他……趕我……不，不要我……」

容兮心頭如被千根針扎過，難掩疼痛。他此一生，恣意人生，從沒為什麼事後悔過，而現在卻有些後悔當初生氣趕她走。

想來，那次是真的讓白鬼怕了，所以即便過了這麼多年，白鬼也不敢作哪怕一點不合他心意的事，不敢說一句可能會引起他不快的話，她小心翼翼、如履薄冰，用外表的冷淡堅硬，將心裡的柔軟脆弱都完美地掩蓋了起來，她看起來比清墜強硬那麼多，可對於他，她卻遠不如清墜自在。

她害怕他。怕他不要她。

可白鬼不知，容兮，也怕她。

「別怕。」容兮輕聲安慰她，「別怕。」而他聲音裡卻藏了幾分懼怕，「先告訴我靈骨在哪兒可好？妳要先好好的……」

白鬼始終不肯說，但容兮卻無意間瞥見她捂住心口的手裡緊緊握住脖子上掛的錦囊，容兮眸中一亮，強硬地將白鬼的手掰開，抽出錦囊，那灰白色的靈骨果然放置於其中。

用樹葉汲了水來，容兮手掌用力將靈骨捏成粉末，助白鬼飲下混了粉末的水。見她呼吸慢慢平穩下來，容兮方鬆了一口氣。變成了妖怪，身體對於妖氣的排斥便不會那麼厲害了。容兮替白鬼擦了擦臉上的冷汗，然後摸了摸她的頭。

已經好久沒有對她做出這樣親暱的舉動了呢。

容兮心想，為了不讓白鬼對他再有更多的感情，他逃避、冷漠，甚至又收了一個徒弟，這些「伎倆」確實對白鬼起了不少作用，可是他騙得了所有人，唯獨騙不了自己。

他心中深藏的念想並沒隨著刻意逃避冷漠而消散，反而越發不受控制……直至此時，他方才明瞭，原來心尖的那些感情，早已脫離了他的控制。

這麼些年，他想了那麼多法子不讓白鬼再對他有多的念想，卻獨獨沒想過要趕走她，他此刻恍然明白，他對白鬼，是不捨、是習慣，亦是不能放棄。

既然無法讓她離開，那就在一起吧。

容兮看著白鬼的面容，倏爾一聲苦笑，「天意啊！」

第十章

妖氣在鼻尖流轉。白鬼坐起身，忽覺體內有不一樣的氣息在流動，她伸手揉了揉太陽穴，卻莫名皮膚一痛，像是被自己的指甲挖到了一樣，白鬼皺眉，放下手一看，登時愣住了。

這是……她的手？

妖紋如畫一般自手腕處盤旋而上，纏繞至指尖，絳紫色的妖紋，極度魅惑人心的弧度，是魅妖一族的象徵。

白鬼僵住。

她驀地伸手摸向自己的脖子，常年戴在那處的錦囊已然不見！白鬼四肢忽然無力地一軟，可心頭還有一股信念讓她撐起身子，慢步走向梳妝檯那方。

手已無力握住銅鏡，她探過頭，在銅鏡裡看見了自己的臉，眉心一簇絳紫色的妖花，臉頰兩旁是柳葉一般的條紋，蜿蜒而下，蔓延至鎖骨。

白鬼猛地退了兩步。

她……她變成……妖怪了？

門外傳來熟悉的腳步聲，是容兮。白鬼心頭陡然一涼，只道不能讓他看見自己這副模樣，她隨手扯下一塊絲巾，驚慌地將臉包住，往屋子另一邊的窗戶上一撞，在容兮跨入房門的那一瞬間，白鬼破窗而出，狼狽地摔在地上，然後跌跌撞撞地跑遠了。

容兮端著一碗粥愣在門口，看著破窗外搖搖晃晃跑走的身影，心裡又是好笑，又是無奈。

尋找白鬼不難，她變成了妖怪，一身的妖氣。白鬼在前面慌不擇路地跑，但始終死記著不出羅浮山這個規矩，不停地在山林裡繞著圈子。容兮算著她會走的路，直接繞到了前面等她。

果不其然，白鬼方一跑到那，卻見白色身影已在那裡候著，她連忙往灌木叢中躲，拿絲巾捂住自己的臉，縮成一團，掩耳盜鈴也好，丟盡臉面也好，就是不出去。

「白鬼。」容兮卻沒有徑直來抓她，而是在離灌木叢幾丈外揚聲道：「是為師讓妳吃下的靈骨，我知妳厭惡變成妖怪，為師給妳認錯。」

白鬼聞言，悄悄抬起了頭，從灌木叢的縫隙中打量那道白色的身影。

「妳若不出來，心裡便是在怪我。」容兮垂眸說著，像是萬分自責的模樣，「我這般給妳賠罪，妳可能原諒我？」言罷，一撩衣袍，竟是一副要向她這方跪下的模樣。

白鬼心中驚懼，連忙奔了出去將容兮扶住，「不行、不行！」

哪想容兮卻一反手將白鬼手腕擒住，笑咪咪地看她，「上當了。」

白鬼喉頭一哽，一時竟不知自己該做什麼表情。頭上絲巾滑落，待反應過來之時，容兮已將她的臉看得清清楚楚。白鬼陡然醒悟，猛地推開容兮，背過身，驚慌地將自己的臉捂住，「別……別看這些妖紋……」

容兮彎腰撿起地上絲巾，「白鬼，妳如今已是妖。」他聲色淡淡的，卻聽得白鬼有幾分心顫，「我不能繼續收妳當徒弟了，會被四方山神笑話。」

白鬼只覺周身陡然一冷，然而這寒涼尚未流遍全身，一雙堅實的手臂卻把她拉到一個極致溫暖的懷抱裡。容兮的氣息噴灑在她錯愕的神情旁，「作清墜的師娘吧。」

白鬼錯愕，「師……師父？」

「我不想作妳師父了。」容兮抱著白鬼，輕聲道：「妳可願答應？」

「為何？」她驚得忘記了掙脫。

「我可能……很早之前便不想作了。」容兮聲音很輕，「只是，一直放不下。」他沉默了一會兒，終是嘆息一聲道：「我好似未曾與妳說過，我與別的山神不大相同，我原是在九重天上為仙，因生性散漫誤事而被罰下界，責令清修三千年方能重歸上仙之位。」容兮道：「過了今年，我便只差三年了。」

白鬼渾身一僵，又聽容兮在她耳邊笑道：「可是我不想歸位了。」他說：「白鬼，妳可願與罪神之身的容兮，再守羅浮山萬年寂寞？」

願意……她自是願意，如何不願意！她……

心中情緒激蕩，口中尚未答出話來，忽聽「轟」的一聲巨響。緊接著，羅浮山北方山腳下陡然升起一片紅光，染紅了半邊天空。

容兮面容一肅，「妖火。」他放開白鬼，蹙眉細細探查空氣中飄來的氣息，「去找那猴妖山大王。」容兮沉聲吩咐：「讓山間靈物走獸速速離開羅浮山。」

白鬼一愣，容兮素來便是一副萬事不上心的模樣，連清壑被葉傾安抓走也不見得他說一句擔心，而此時卻這般說……白鬼還沒說話，容兮轉頭喝斥，「還不快去！」

白鬼肅容，立時轉身離去，卻在跑遠幾步之後倏爾聽見耳邊風聲帶來一句命令似地話語：「妳也一同離開。不准再回來。」

白鬼一驚，再回頭找容兮，他卻已不見了蹤影。

天邊火光愈紅，甚至已有包圍四方之勢，白鬼心知容兮吩咐的事不能再耽擱，她一咬牙，往山大王之處跑去。

山間靈物早被北邊的火光驚動，白鬼找到山大王，適時通天已紅遍，甚至連他們站的地方頭頂已像被燒紅了一樣，看不見藍天白雲，但不知為何，他們四周卻沒有灼熱之感。

白鬼將容兮的話與山大王一說，猴妖立時明瞭，一通呼喚，山間躲藏的妖精靈物盡數鑽了出來，往還未被火光染紅的羅浮山下小鎮奔逃而去。

白鬼見狀轉身又要往回走，卻被猴妖拽住，「妳還回去作甚？」

「師父還在那方。」

猴妖斥道：「他哪還會在那方！這羅浮山分明是已通山被點燃了，咱們之所以還能好好站在這兒，全靠妳師父山神祭出來的結界！這火分明是妖火，撐起這麼大的結界妳師父是拿命在拚！如果不想辜負他的心意，就趕快和咱們跑吧！」

白鬼聞言，呆住了。

猴妖拽白鬼走，白鬼卻猛地往後一掙，脫開猴妖的手，「若這是他心意，我今日註定得辜負。」她臉色白成一片，眼眸卻亮得出奇。

沒再看猴妖一眼，白鬼返身往回尋去。

羅浮山間的草木漸漸乾枯，有的甚至開始冒出青煙，白鬼一路往回尋，周身越發炙熱，她卻像感受不到一般，一路搜尋，不見容兮蹤影。在周遭漸漸燃起大火之時，白鬼終於看見了，在山頭之上，榕樹之下，白衣仙人固守一片清明不被火光包圍。然而他卻像是已撐到了極限一般，跪在大榕樹前，手無力地撐在榕樹樹幹之上，掌心的光維繫著榕樹上的光。

見容兮如此，白鬼似已啞然，她疾步上前，跪在容兮身邊，「師父……」

容兮轉頭，臉頰卻似被什麼燒傷了一般，紅得嚇人。但見白鬼，容兮一愣，垂頭無奈一笑，「只有這時，妳不聽話……」

白鬼沉默，容兮問：「他們都走了？」

「嗯。」

容兮一笑，「就剩妳了。」

「我不走。」

「妳得走。」容兮驀地鬆開撐住大榕樹的手，光芒消失，白鬼這才看見他手背上的燙傷竟是比臉上更為可怖，她心頭猛顫。

容兮將她的手緊緊握住，抬頭看她，「妳得走……」

他臉上的灼傷越發嚇人，他卻咧嘴笑了出來，「妳得好好活下去。」

話音一落，火光陡然大炙，烈焰彷似要將白鬼眼睛燒瞎了一般肆虐地在她周身灼燒。

白鬼下意識地閉上了眼，可熾熱只有那一瞬，掌心的清涼包裹了全身，與呼嘯的大火頑固相抗。

不知過了多久，耳邊火聲漸消，白鬼睜開眼，眼前的容兮已不在了，掌心唯餘一塊殘破的白衣袖。四周的大火亦是不在，她仰頭一望，四季常青的大榕樹此時已只餘枯枝。

白鬼好似明瞭了什麼，但又不敢相信，她顫顫巍巍地站起身來，「師父……」

風聲一起，好似在說著容兮留下的最後一句話，「好好活下去……」

她無助四望，這裡她本來很熟悉，但此時卻像怎麼也不認識了一般，一片焦土，一片死寂。

「族長，那孽障還活著！」

過於寂靜，讓遠處的聲音也變得那麼清楚，白鬼放眼一望，山頭之下、焦土之上，一隊黑衣人站在那方，為首的，還是當初追殺她的那名領頭人，他當了魅妖一族的族長了啊……

原來是他們啊，蟄伏數年，今日……是來報仇了。

是她……害了容兮。

為首之人察覺到白鬼的目光，他也不躲，迎著她的眼神冷冷一笑，「羅浮山山神與別不同，我窮極數年，集魅妖妖火終將他燒死，而他臨死前卻也還護著妳這孽種。」那人冷笑，「只是他沒想到，我們還會再來搜一遍山吧？如今沒有那山神護妳，你覺得，妳可還能活著離開？」

是啊，沒有山神護她了，再沒有誰會對她說「來，我護著妳」這句話了，這世間……再沒有容兮了。

因為她，也因為這些……可恨的魅妖！

白鬼將白衣袖貼身放好，一步一步地、慢慢地向他們走去。

「族長……她臉上有妖紋……」

「她……她用了靈骨？」那方黑衣人有幾分混亂，「那山神竟容得了她用靈骨變成妖怪！」

白鬼對他們的聲音充耳不聞，指甲長長，犬牙突出，臉上妖紋暴漲，眉間妖火形狀的紋路宛若花一般開遍整個額頭。白鬼眸中血色凝聚，如地獄修羅般，「我死，你們也休想活著離開！」

一場廝殺，天黑之時，滿月鋪灑遍野焦土，染血的土地泥濘難走。

白鬼渾身是血，連頭髮都有血珠順著往下滴落，她摸出懷裡的白衣袖，卻發現它被自己手上的汙血染髒，她表情一時變得有些無助，但任由她如何擦，只是讓衣袖變得更髒而已。

白鬼停了動作，只握了衣袖，一步一踉蹌地往山下走去。

她沒有別的辦法了，她唯一能想到的，便是山下的寺廟。師父每年都去祭拜，師父還在九重天上當過仙君……

白鬼叩首在佛前，「佛祖慈悲，山神容兮為世間生靈，以命為祭，換其生機，望佛祖慈悲，救他一命，白鬼後生願傾其所有以為報。」

她在佛前磕頭三千，未換得佛祖一絲憐憫；她在佛前跪了數十天，未換來半點生機。可白鬼不曾離開，好像離開了，就是她放棄了容兮活過來的希望一般。

「別磕了。」

「師姊！」

兩聲呼喚，伴隨著一個撲過來的身影，喚醒了白鬼不知迷離到何方的神志。

「清墜……」她聲音啞得不成樣子，「別礙著我，我要救他……」

「師姊……」

「妳這樣救不了他。」葉傾安自身後走來，瞥了白鬼一眼，一揮袖，大佛金身應聲而塌，塵埃翻飛中，白鬼死寂的眉眼卻沒有一絲波動，她只推開清墜繼續磕頭。

清墜心中悲慟，將她抓了起來，「師姊，別磕了！別求了！師父回不來了！師父回不來了！」

「我會讓他回來。」

清墜啞言，卻在此時一枝筆被扔在了白鬼跟前。筆上奇怪的氣息讓白鬼轉動了目光，她看了看筆，又看了看葉傾安。

「這是魔族之物。」葉傾安道：「吸食宿主氣息，足以讓強大的妖怪變成普通人。但它還有一個用途。傳聞中，只要讓它收集完一百個執念，它便能幫宿主完成一個願望。」葉傾安看白鬼，「任何願望。」

白鬼死寂的眼眸深處似有一簇光亮劃過。

她幾乎是立刻抓起了地上的筆，「何為執念？」

「妳這樣的，便叫執念。」葉傾安一頓，「筆會帶妳去找。」

找……一百個像她這樣的人嗎？

白鬼沉默，這個世間還真是悲涼呢。

「只是，妳得想清楚，妳今日終於變成妖怪了，有長生不老的本領，有強大的力量，而妳若是用了這枝筆，妳的妖力會不停地被它吸走，直到最後達成妳願望之時，它會讓妳變成一個徹徹底底的凡人，妳沒有永恆的生命，妳或許根本就等不到山神回來，這樣的無望等待，沒有希望的期待，妳也要？」

「要。」

因為，如果不要，她就不知道自己到底該怎麼好好活下去了。

「師姊……」清墜憂心地望她，「師父不願看到妳這樣的，妳何不……」

白鬼抬手，摸了摸清墜的頭，她一言不發地將手中殘片放到清墜手裡，那是容兮的「遺物」，她現在不要遺物，她要的是希望，容兮總會活過來的希望。

白鬼站起身，握了筆，長時間的跪拜讓她幾乎走不穩路，可她還是一步一步地向外走。

「師妹。」她第一次如此喚她，「後會有期。」

「師姊……」

時間太久，記憶中的聲音都已經漸漸變得模糊，白鬼躺在搖椅上睜開雙眼，看見山上透過榕樹葉灑下的陽光正好，她笑咪咪地望著生機勃勃的大榕樹，輕聲呢喃：

「總算……」

尾聲

重歸羅浮山的白鬼在大榕樹邊搭間小屋，住了進去。日日守著榕樹，等著它化靈。

不再四處奔波，忙於收集執念之後，白鬼的生活突然清閒下來，她開始常常回憶從前，她與容兮的相遇、相識，到最後的生死相別。

當初容兮為了救她葬身火海之後，白鬼覺得這一生都再無意義，可經歷過這一百種執念，她再回頭看看，那樣的痛與愛皆已成了昨日雲煙。

她守著羅浮山，卻也不再執著於見到容兮，只是她此一生，再無他求。

白鬼筆消失之後，她的生命也開始跟著慢慢流逝，十年、二十年、三十年。這樣的時間於曾經的她而言不過是彈指之間，但現在，時光卻在她身上刻下不可抹去的痕跡。看著自己一天天老去，榕樹也不曾有再孕育出一個山神的跡象。

白鬼知道，要才恢復靈氣的羅浮山再孕育出一個山神，或許要再等百年、千年、萬年，甚至永遠也等不到。她沒有永恆的生命，只能靜靜地等待。容兮曾與她說，這世間最磨人的便是等待，最讓人有期望的也是等待。

而等待，於她而言已不再只是想見容兮這樣簡單的意義了。

每一天的晨曦日落，每一年的春花秋月，在她的眼中都是不一樣的美麗。至此她才明白當初容兮消失之時對她說的「好好活下去」到底暗藏著怎樣的意味。

原來，那個溫文儒雅的男子將她看得如此透徹明白。

年復一年，關於羅浮山上老婦人的故事已被山下的人傳得亂七八糟。白鬼仍舊只是每日坐在院中搖椅上，賞天地之景，可生命，總是有盡頭的。

陽光明媚的午後，白鬼在院中的搖椅上慢慢閉了眼，恍惚之間，她彷似看見有一個小孩從榕樹上跳了下來，他跑到她身邊，左右打量了許久，脆生生地問：「妳是誰？為什麼一直守著我？」

白鬼輕輕笑道：「若是煩了我這老太婆，那以後，我不守著你了，可好？」

男孩想了一會兒，搖頭，「妳守著我吧，沒關係。」

「歇一會兒吧。」白鬼的聲音慢慢低了下去，「這麼多年了，且讓我歇一歇，再換個模樣來看你。」

世界黑了下去。

不過幸好，天地仁慈，了了她最後的願望。

百年後。

白牙一身是血，跑入羅浮山中，一路向山上艱難地走著，終於到了山頂，她看見老榕樹下有一間破舊的木屋。她的心驀地一動，竟有一種莫名其妙的熟悉感。

她身後追殺的人不知什麼時候不見了蹤影。白牙有些好奇地走進木籬笆圍起來的院子裡，每行一步，熟悉感更甚，走到木屋前，還沒推開門，身後忽然傳來一個男子的聲音：

「妳回來了。」

白牙一驚，轉過身去，看見一襲白衣的男子不知什麼時候站在了她身後。山風一吹，榕樹的葉子相擊發出「沙沙」的響聲，像是有精靈躲在上面笑。

白牙戒備地看著他，卻見他溫柔笑道：「沒事，我護著妳。」

春日暖陽明媚了他的眼眸，白牙恍然失神，竟鬼使神差地將手放在了他的掌心。手被緊緊握住，白牙只覺身子一輕便被拉進了一個溫暖的懷抱裡，男子在她耳邊輕聲嘆息，「終於等到妳了……」

她不知為何，被這一句話輕易敲動了心房，像是積攢了幾世的遺憾終於得到彌補了一般。她慢慢地伸出手也將男子抱住，「嗯。」

終於等到你了……

微風拂過臉頰，適時陽光正好。

百界歌（下）

作　　者／九鷺非香
執 行 長／陳君平
榮譽發行人／黃鎮隆
協　　理／洪琇菁
總 編 輯／呂尚燁
執行編輯／丁玉霈
協力編輯／熊芩
美術監製／沙雲佩
美術編輯／陳又荻
國際版權／黃令歡、梁名儀
企劃宣傳／楊玉如、施語宸、洪國瑋
內文排版／謝青秀

國家圖書館出版品預行編目資料

百界歌 / 九鷺非香作 . -- 一版 . -- 臺北市：城邦文化事業股份有限公司尖端出版：英屬蓋曼群島商家庭傳媒股份有限公司城邦分公司尖端出版發行 , 2022.05
冊；　公分
ISBN 978-626-316-784-1（下冊：平裝）

857.7　　111003417

出版／城邦文化事業股份有限公司　尖端出版
台北市 104 中山區民生東路二段 141 號 10 樓
電話：（02）2500-7600　傳真：（02）2500-2683
讀者服務信箱：7novels@mail2.spp.com.tw
發行／英屬蓋曼群島商家庭傳媒股份有限公司城邦分公司　尖端出版
台北市 104 中山區民生東路二段 141 號 10 樓
電話：（02）2500-7600　傳真：（02）2500-1979
劃撥專線：（03）312-4212
戶名：英屬蓋曼群島商家庭傳媒（股）公司城邦分公司
劃撥帳號：50003021
※ 劃撥金額未滿 500 元，請加付掛號郵資 50 元
法律顧問／王子文律師　元禾法律事務所　台北市羅斯福路三段三十七號十五樓

台灣地區總經銷／中彰投以北（含宜花東）　楨彥有限公司
電話：（02）8919-3369　　傳真：（02）8914-5524
雲嘉以南　威信圖書有限公司
（嘉義公司）電話：（05）233-3852　　傳真：（05）233-3863
（高雄公司）電話：（07）373-0079　　傳真：（07）373-0087
馬新地區總經銷／城邦（馬新）出版集團 Cite（M）Sdn Bhd
電話：603-9057-8822　　傳真：603-9057-6622
E-mail：cite@cite.com.my
香港地區總經銷／城邦（香港）出版集團 Cite（H.K.）Publishing Group Limited
電話：852-2508-6231　　傳真：852-2578-9337
E-mail：hkcite@biznetvigator.com

版　次／ 2022 年 5 月 1 版 1 刷　Printed in Taiwan

版權聲明
本著作物中文繁體版通過成都天鳶文化傳播有限公司代理，經上海恆星引力影視傳媒有限公司授予城邦文化事業股份有限公司尖端出版獨家發行，非經書面同意，不得以任何形式，任何重製轉載。

版權所有．侵權必究
本書若有破損或缺頁，請寄回本公司更換